Le pickpocket
des Champs-Élysées

Du même auteur

La Vie magnétique
Éditions de l'Olivier, 1997
Points n° P1517

Les Contrebandiers
Éditions de l'Olivier, 2000

L'Hacienda
Éditions de l'Olivier, 2004

30 minutes à Harlem
Éditions de l'Olivier, 2004

Bambi Frankenstein
Éditions de l'Olivier, 2006

Le Soleil
prix Wepler
Éditions de l'Olivier, 2014
Points n° P4196

Actions spéciales
Éditions de l'Olivier, 2021

JEAN-HUBERT GAILLIOT

Le pickpocket des Champs-Élysées

ÉDITIONS DE L'OLIVIER

Le film projeté au cinéma Mac-Mahon
est La Femme infidèle *de Claude Chabrol*
avec Stéphane Audran, Michel Bouquet et Maurice Ronet
dans les rôles principaux.

L'auteur remercie
le Centre national du livre
pour son soutien.

ISBN 978.2.8236.2042.9

Jeudi 17 juillet 1969

Skip loge dans cet hôtel depuis un an. Un hôtel discret, dans une rue discrète du 9e arrondissement, près du métro Saint-Georges. Il paie au mois. Sa chambre est au dernier étage, au bout du couloir. La fenêtre donne sur la rue. En écartant le rideau, il peut voir si le café a ouvert.

Fermé. Il faut attendre.

Au-dessus de l'armoire est rangée une valise. Elle contient des affaires de première nécessité, pour le cas où il devrait déguerpir. De temps en temps il dessangle la valise et refait l'inventaire.

Serrée entre les chemises : une enveloppe. À l'intérieur de l'enveloppe : une photo en couleurs. Seul souvenir qu'il possède de Marianne. Il évite de la regarder trop souvent.

C'est Marianne qui l'a baptisé Skip. À l'époque il vendait de la poudre. Très risqué. Dans ce commerce on fait forcément partie d'un réseau. Tôt ou tard, une main invisible vous pousse dans le vide.

La difficulté quand on s'isole, c'est qu'on finit par ne plus évaluer la situation correctement. Est-il prudent de continuer à crécher dans cet hôtel ? Il y a deux écoles. Les partisans de la bougeotte, jamais deux nuits dans le même lit. Les casaniers, qui s'arrangent pour avoir une couverture crédible.

Ce n'est pas faute de s'être creusé, mais il n'a pas assez d'imagination. À quoi peut s'occuper un type de trente ans, célibataire, bien de sa personne, sans employeur, et qui vit à l'hôtel ? Hormis se procurer une machine à écrire, il ne voit pas. Qu'en ferait-il ? Taper ce qui lui passe par la tête ? Recopier les articles du journal ?

Il remet la photo dans l'enveloppe, l'enveloppe entre les chemises, la sangle autour de la valise, la valise au-dessus de l'armoire. Il entrebâille le rideau. C'est bon, ils ont ouvert. Les petites tables sont déjà installées sur le trottoir. Il déteste être le premier client.

Attendre encore un peu.

Ça s'anime dans la piaule voisine. Son du transistor. Tuyauterie. Des portes claquent à l'autre bout du couloir. Nouvelle journée.

Skip avise *France-Soir* sur le zinc.

« Je vous l'emprunte. »

Il s'assied toujours à la table double qui est la plus proche du comptoir. Le patron a moins de distance à parcourir pour apporter son café-tartine, et lui toute la place dont il a besoin pour s'étaler et lire le journal en déjeunant. Il expédie les grands articles. Eddy Merckx, voyage vers la Lune, des sujets qui envahissent l'actualité pendant des jours, des semaines.

Les informations secondaires l'intéressent davantage, celles dont on ne reparle pas le lendemain. Un incendie de forêt, un train qui déraille, tous les faits divers bizarres, les brèves. Il adore les brèves. Et les petites annonces, qu'il garde pour la fin.

Là, c'est l'histoire d'un désespéré qui s'est jeté dans le canal Saint-Martin, depuis le quai de Jemmapes, au niveau de la rue Bichat. Un couple de sexagénaires, témoin de la scène, a voulu lui porter secours. Le retraité s'est mis à l'eau et a sauvé le malheureux de la noyade. Émues par la détresse du suicidaire, ces personnes, sans enfant, ont proposé de l'héberger temporairement. Un mois après, voulant à nouveau mettre fin à ses jours, le jeune homme a ouvert le gaz. L'explosion a causé la mort du couple de bienfaiteurs. Accablé par la malchance, leur protégé a survécu. Les dégâts dans l'immeuble de la rue Bichat sont considérables. Les occupants ont été évacués. Déféré devant le procureur de la République, l'individu, âgé de vingt-quatre ans, doit répondre de plusieurs chefs d'accusation, dont celui d'homicides involontaires.

Skip tourne la page. Son œil s'immobilise.

« *Perdu 16 juillet après-midi quartier Champs-Élysées, anneau argent avec inscription : Katerine-6-5-9. Forte récompense. Répondre au journal qui transmettra.* »

Il lit une seconde fois, tâte à travers la toile du blouson dans la poche intérieure. Pas besoin de vérifier, l'inscription correspond. Il sait ce qu'il lui reste à faire.

A-t-il plutôt intérêt à se rendre rue Bichat avant d'aller chez *France-Soir* ou après ? L'attroupement sera plus dense à midi.

Les attractions éphémères offrent des prises faciles. L'idéal est de profiter du premier pic d'affluence, si possible avec une longueur d'avance sur les collègues. Les deux critères sont rarement conciliables. Entre midi et midi et quart, c'est jouable. Et puis il a beaucoup travaillé sur les Champs, ces derniers temps. Alterner, comme il le fait, côté pair et côté impair n'est pas suffisant. Il devient urgent de marquer une pause.

On ne renonce pas à fourguer de la came pour être mêlé à d'autres trafics en bande organisée. Quand Skip était plus jeune, son mentor, anciennement pickpocket, lui avait montré la technique et jugé qu'il avait la *papatte*.

Au moment de prendre son indépendance, il s'est souvenu de cette mise en garde : « Le pickpocket possède un talent de prestidigitateur. Sans ce talent, il n'est qu'un voleur à la tire. Autant dire un coureur à pied. »

Pigalle, de nuit, c'était pratique pour se perfectionner. Il y a partout des groupes d'hommes en goguette, à demi beurrés, du cash plein les poches. Ils s'aperçoivent à peine qu'on les a dépouillés, ne se rappellent rien, hésitent à porter plainte. Toute médaille a son revers. Quantité d'apprentis happe-bourses arpentent le même trottoir à la même heure. À partir de minuit, sept soirs sur sept, ça embouteille.

Opérer sur les Champs-Élysées, en journée, c'est l'aristocratie du métier. Il n'est pas rare qu'un vol de portefeuille lui fasse la semaine.

Hier après-midi, voyant approcher ces proies typiques, elle pressée de s'extraire de la masse des promeneurs, lui le veston ouvert, occupés tous les deux à ne pas lâcher le fil de leur importante discussion, Skip a senti le bon coup. Il suffisait de se mettre sur la trajectoire de la femme, épaule en avant, puis de feindre de subir le choc. Quelle déception, en constatant que son client se trimballait sans portefeuille. Encore plus dingue, il n'avait pas non plus de montre ! L'alliance est venue toute seule. L'enchaînement des gestes, pour subtiliser une bague, est parmi les plus difficiles à réussir. Il l'a fait par dépit. Maigre consolation.

L'idée l'a même effleuré que l'homme ait pu être détroussé, un peu plus haut sur l'avenue, par un collègue.

Une annonce pour récupérer une alliance, Skip n'a jamais rien vu de tel. « Forte récompense » ? Si elle ne l'est pas assez, il fixera son prix. Pour cela : négociation directe, ne surtout pas passer par le journal. Pourvu qu'il ne tombe pas, là-bas, sur quelqu'un de trop tatillon. Le personnel a des consignes. Certaines annonces cachent des affaires sensibles.

Il a eu tort, en se levant, de regarder le portrait de Marianne. À tous les coups, ça le démolit. Il sait bien que ce baiser à la sauvette, si passionné qu'il ait pu être, ne représentait rien pour elle. Il lui fournissait sa dope, comment aurait-il pu prétendre la sauver ?

À Paris, tous lui couraient après, comme on court après n'importe quelle fille belle et célèbre. La première fois qu'il l'a vue, chez cet acteur, Hennepin, il ignorait qui elle était. Elle dit avoir découvert la cocaïne ce soir-là, mais peut-on croire une droguée ? Elle consommait avec beaucoup d'entrain, pour une débutante.

Que fait-elle, à la minute présente ? Elle s'amuse dans une riche demeure de Londres ou de ses environs, avec sa bande habituelle de copains, beaux, célèbres et défoncés eux aussi. S'il partait à Londres, il n'aurait aucune peine à la retrouver. Mais après ? Cette question le ronge, lui râpe les nerfs depuis un an. Il n'en sort pas.

Chez Lido Musique, du côté pair des Champs-Élysées, ils sont à la pointe, ils importent des tas de disques anglais. Le jour où elle enregistrera quelque chose de nouveau, ils seront les premiers informés. Rien de neuf non plus au cinéma. Chaque semaine il épluche *L'Officiel des spectacles*, le nom de Marianne n'apparaît nulle part. Skip se demande s'il le désire vraiment. Ne serait-il pas encore plus cruel d'avoir de ses nouvelles par un film ou une chanson ?

Pour échapper à cette torture, un seul remède : marcher inlassablement sur son avenue préférée, l'œil sur les sacs à main, les vestes, les poches, les fermoirs, les lanières, les boutons. Il évite de croiser les regards. La plupart de ses victimes, Skip serait incapable de décrire leur visage, il espère que la réciproque est vraie.

Les deux d'hier, côté impair, à leur façon de se mouvoir, ne donnaient pas l'impression de former un couple. Un bon professionnel ressent cela, il n'a pas le temps d'analyser.

La femme paraissait grande. Elle portait des souliers plats, à bride. Le pantalon de toile fine, gris perle, découvrait sa cheville sur une dizaine de centimètres. Le chemisier était peut-être blanc, il n'en jurerait pas. Le sac finement tressé, lanières passées sur l'épaule droite, était plaqué sous son aisselle. Le type qui l'accompagnait avait tout d'un grand bourgeois.

Skip n'a fait que toucher son poignet, en serrant assez fort pour faciliter l'écartement des doigts. C'est stupide, à la faveur de ce contact l'homme lui a paru sympathique.

L'élan du cœur, il l'éprouve envers toutes ses victimes. Le volé, dans la parfaite inconscience de ce qui lui arrive, contribue à la fluidité de l'acte. Son bien se dématérialise. Il ne lui appartient plus, sans avoir encore rejoint la poche du voleur. Durant un bref instant la propriété est abolie.

Skip s'interroge. Est-il trop sentimental ?

Il aime le travail bien exécuté. Jusqu'à présent jamais d'anicroche, car il sélectionne ses proies en s'en tenant à des principes stricts. Il élimine : les maigres, les nerveux, les individus isolés et statiques. La liste serait longue. Si à l'ultime seconde un détail l'alarme, il stoppe son geste et passe son chemin. Comme dans beaucoup d'autres sports, le secret est de profiter des mouvements de l'adversaire.

Le voici rue Réaumur, au numéro 100. Il est superstitieux avec les nombres ronds, quant à savoir si c'est un signe de chance ou de déveine, ça dépend des jours.

La préposée aux annonces est une dame entre deux âges, mal dans sa peau. Ses vêtements la déguisent, ils ont l'air d'avoir été empruntés à une autre, qui serait plus jeune, plus mince, plus avenante. Même s'il n'avait rien à y gagner, Skip serait gentil avec elle.

« Vous n'êtes pas en vacances ?

– Elles sont déjà terminées. Là où je vais, c'est plus tranquille en juin. On apprécie d'être au calme et entre soi pour renouer avec ses racines.

– Hoho, vous m'intriguez. »

La préposée se rengorge.

« Propriano, en Corse. J'y suis née ! »

Des Corses, il en a fréquenté à Pigalle. Toujours à parler de leurs sœurs, mais chaque fois qu'ils vous présentent quelqu'un, c'est un frère, et puis un autre frère, pas l'ombre d'une sœur. Eh bien, il en a une sous les yeux. Elle respire lourdement, sa poitrine se soulève et s'abaisse sous le chemisier. Gêné, il détourne le regard. Un registre couvert d'écritures dépareillées est posé à plat devant elle, sur la tablette de bois.

« Je rêve de découvrir votre île.

– Allez-y en juin.

– Vous me conseillez de visiter Propriano ?

– C'est une obligation ! »

Elle rit. Il lui montre le journal de la veille, plié à la page des annonces. Celle qui l'intéresse est entourée.

« Il se pourrait que j'aie un renseignement.

– Votre téléphone, s'il vous plaît. »

Skip énumère une suite de chiffres au hasard, la répète en intervertissant un 7 et un 8.

« Le 8 est avant le 7 ?

– Non, d'abord le 7. Pardonnez-moi, je m'embrouille. Voulez-vous me redire ce que vous avez noté ? »

Il peine à déchiffrer l'autre numéro, inscrit en pattes de mouche sur la même ligne. Lire à l'envers n'a jamais été son fort, et entendre la Corse qui égrène simultanément des chiffres différents ne lui simplifie pas la tâche.

Il y a une cabine sur le trottoir d'en face. Un type vient de raccrocher, celui qui patientait derrière prend sa place, après ce sera le tour de Skip. Le gars vocifère dans le combiné. Rien dans ses paroles ne le justifie, peut-être est-ce sa manière normale de s'exprimer, peut-être la personne à l'autre bout est-elle dure de la feuille.

Skip espère que ce n'est pas l'appareil qui a des problèmes. Il décide de marcher jusqu'à la cabine suivante. À Paris, une cabine sur deux est en dérangement. La pièce qu'on y insère n'est pas toujours restituée.

Son intention est d'amorcer le dialogue comme il l'a fait avec la Corse. *Il se pourrait que j'aie un renseignement.* Il ne prétendra pas détenir l'objet, ne dira rien de plus précis, attendra de voir ce que le client a dans le ventre.

Il incline la tête, cale le combiné entre son oreille et son épaule, vérifie sa petite monnaie. Tonalité, sonnerie.

Le pactole qu'il devine, à portée de main, n'est pas une abstraction, un gain chimérique pour le plaisir de siphonner du fric. Il lui faut cet argent pour aller en Angleterre.

Qu'est-ce qui le retient ici ?

Sauf contretemps, il quittera Paris cette nuit, arrivera à Londres demain. Sa valise est prête.

« Secrétariat de monsieur Molyneux, j'écoute. »

En entendant ce nom, Skip prend peur et raccroche. C'est après qu'il fait le lien avec l'article, il y a quelques jours, qui présentait Grégoire Molyneux comme le nouveau caïd des affaires et de la finance.

Dire qu'il lui a piqué son alliance. Ça alors.

UN JOUR PLUS TÔT

Mercredi 16 juillet

« Alice, seras-tu bientôt prête ? »

Katerine Molyneux estime qu'à sept ans, une petite fille doit savoir s'habiller seule. Ce n'est pas qu'Alice soit désobéissante, elle est indolente et distraite. Elle écoute les consignes puis pense à autre chose. Katerine se promet d'y remédier en septembre, Alice entrera au cours élémentaire, ce sera le moment d'exiger plus, dans tous les domaines.

Les cheveux blonds mi-longs, pris dans un serre-tête de velours noir, sont encore en désordre. La jupe plissée écossaise est de travers, elle a mal boutonné son corsage rouge et oublié les chaussures.

Accroupie, Katerine remet de l'ordre dans la tenue.

« Alice, combien de fois t'ai-je dit que pour passer tes vêtements il faut aller devant le miroir de la penderie ?

– Même quand je suis en vacances ?

– Évite de répondre.

– Les messieurs sont déjà arrivés sur la Lune ?

– Ils y seront dimanche. »

La fillette compte sur ses doigts, Katerine s'étonne qu'elle ait besoin de tout ce temps pour calculer la bonne réponse.

« Dans quatre jours ?

– Maintenant va brosser tes cheveux.

– C'est vrai qu'on est plus léger sur la Lune ?

– Va te coiffer. »

À contrecœur l'enfant s'éloigne, elle patine sur le carrelage du vestibule, allonge le cou pour regarder dans le bureau de Grégoire Molyneux où elle n'a pas le droit de pénétrer en son absence, et disparaît dans sa chambre.

Alice tire un tabouret jusqu'à la fenêtre, grimpe dessus, chose interdite. Elle observe en contrebas le boulevard Suchet. Une grande voiture blanche essaie de se garer, une autre en forme de coccinelle quitte son stationnement, des gens se promènent, certains ont un chien. Les aspronautes, depuis la fusée lunaire, nous voient à une taille minuscule.

C'est une ambulance, avec une croix bleue sur le toit. Les infirmiers sortent la civière à roulettes, entrent dans l'immeuble. Quand ils s'en iront, après avoir chargé le malade, Alice espère qu'ils mettront le gyrophare.

Lasse d'attendre, assise sur le tabouret, brosse à la main, elle pense au garçon dans le *France-Soir* d'hier. Pour se faire un casque d'aspronaute, il a vidé le bocal de son poisson rouge dans un lavabo et introduit, on ne sait comment, sa tête dans le bocal. Alice aimerait revoir la photographie prise aux urgences de l'hôpital. Sa mère a dit que le garçon allait étouffer. Son père, que la tête avait gonflé à cause du manque d'air et de la panique.

Elle entend la sirène, remonte en vitesse sur le tabouret.

L'ambulance s'en va, masquée par les arbres du boulevard. Elle regrette de ne pas avoir été assez patiente.

On sonne. Bruit de talons dans le vestibule. En semaine, sitôt que cette dame prend son service, Katerine Molyneux part en ville. D'ordinaire elle ne reparaît pas avant l'heure du goûter. Alice accélère le brossage des cheveux, ajuste le serre-tête. Katerine, qui vient dire au revoir, la trouve très sagement occupée. La mère et la fille échangent un sourire muet.

La dame passe d'abord le chiffon sur l'écran de télé, cette surface attire la poussière, plus que n'importe quel objet dans l'appartement.

« Bonjour madame.

– Tu sais que mon prénom est Odette ?

– Je ne suis pas autorisée à vous appeler Odette.

– Pourtant tu viens de le dire !

– Parce que vous m'avez tendu un piège. »

C'est leur premier jeu le matin. Alice la suit comme son ombre, de pièce en pièce. Leur conversation ne s'interrompt jamais.

« C'est vrai qu'on est plus léger sur la Lune ?

– J'en aurais bien besoin. »

Alice veut savoir si elle sait, pour le garçon qui a coincé sa tête dans un aquarium. Elle raconte l'histoire.

« Quelle idée aussi !

– Est-il mort étouffé ?

– Je suppose qu'ils l'ont libéré, en brisant le bocal.

– Les éclats ne l'ont pas blessé ? »

La dame répond qu'il faut coller du ruban adhésif sur le verre, ensuite on tape avec un marteau, pas trop fort, et les éclats restent scotchés sur le ruban. Elle époussette un objet après l'autre, d'un geste vif et précis, Alice admire sa dextérité.

Si elle osait, au lieu d'attendre à la porte, ne pourrait-elle pas se faufiler derrière la dame quand elle commencera le ménage dans le bureau ? *France-Soir* est sûrement rangé là-bas.

L'autre pièce où Alice ne va jamais, c'est la chambre des parents, tout au fond de l'appartement. Cet endroit l'intimide. Elle se tient en retrait dans le corridor, ne voit qu'une partie du lit, l'un des fauteuils, mais pas la commode ni l'immense tableau qui surplombe le lit. Chaque jour avant d'aérer et de dépoussiérer, la dame contemple cette peinture en fronçant les sourcils, elle ne commente pas, l'enfant aussi garde le silence. Alice s'aperçoit qu'elle fait vite pour nettoyer la chambre et semble soulagée d'avoir fini.

« Maman dit que vos révérences sont excellentes. »

La corpulente femme de ménage s'incline devant la fillette, en ployant un genou, avec un geste gracieux du bras. Son chiffon effleure le parquet.

« Ça c'est une révérence, Alice. Madame Molyneux devait plutôt parler de mes références.

– Qu'est-ce que c'est ?

– Avant de travailler chez vous, j'ai été au service d'autres personnes, des amis ou des relations de monsieur et madame Molyneux. Ces gens ont bien voulu me recommander à tes parents. Mes références, ce sont les emplois que j'ai occupés avant de venir ici.

– Vous n'étiez pas heureuse avec eux ?

– Des changements surviennent parfois dans la vie d'une famille. J'ai été concernée par ces changements. »

Alice applique un doigt sur ses lèvres, ses yeux partent comiquement sur le côté, comme lorsqu'elle récite une leçon et hésite sur la réponse à donner.

« Des amis… qui cela peut-il être ?

– Je doute que tu les connaisses. Parle-moi de toi. Que feras-tu au mois d'août ? Où vas-tu en vacances cette année ?

– Maman me conduira à Pornic. C'est au bord de la mer.

– Monsieur Molyneux ne vous accompagne pas ?

– Oh non. Il doit être à Paris pour son travail et maman reviendra auprès de lui juste après m'avoir déposée chez mes cousins. »

Pendant ce temps, affairée dans le vaste bureau au mobilier moderne, la dame promène partout son chiffon en veillant à ne rien déplacer. Avec stupeur, Alice la voit ouvrir un à un les tiroirs, dont elle nettoie précautionneusement le pourtour supérieur. Leur contenu a l'air intéressant. Ces tiroirs à glissières sous le plateau laqué, de part et d'autre du confortable siège de cuir, sont très profonds, et la dame vérifie qu'aucune poussière n'a réussi à s'introduire dans les recoins.

Le numéro de *France-Soir* se trouve au sommet d'une pile de papiers, sur le meuble où s'alignent les bouteilles d'alcool. Les verres sont à l'abri, derrière une vitre.

Alice voudrait se saisir du journal, mais elle ne peut pas. Un inquiétant objet sculpté, aux courbes molles, est posé dessus. Elle devine qu'il vaut mieux ne pas y toucher. Elle guette le moment où la dame s'occupera de cette partie du bureau. Avec un peu de chance elle prendra le presse-papiers dans sa main. Alors il sera possible de s'emparer du journal.

« En voilà une bizarrerie ! »

Agenouillée devant un tiroir du bas, la dame invite Alice à la rejoindre. Dans le sachet translucide, la fillette reconnaît la relique ayant appartenu à son ancêtre horse-guard. Cette crinière rouge vif ornait la coiffe d'apparat de l'aïeul, au temps de la reine Victoria.

« Une perruque ? Je croyais que c'était un fouet !

– Avant, dans la famille de mon père et dans celle de ma mère, tout le monde était anglais. Papa dit qu'à Londres les gens font plein de choses à l'envers de nous. Par exemple, leurs automobiles ont le volant à droite. Dans les rues, ils roulent à gauche.

– Tes parents se sont connus en Angleterre ? »

Alice hausse les épaules en signe d'ignorance. Elle n'a jamais traversé la Manche, ou si elle l'a fait elle était très petite, elle n'en a pas de souvenir. Les enfants, a-t-elle entendu dire, y attrapent le mal de mer car de hautes vagues secouent les bateaux. Dans son esprit, l'Angleterre et être malade, ça se confond. Sa mère déplore que les Anglais aient le teint si blanc, Alice en déduit qu'ils ont en permanence la nausée, elle n'aimerait pas vivre dans ce pays.

La dame a frotté le dessus du meuble, le col des bouteilles. Son chiffon a voleté autour du tas de papiers, sans s'appesantir. La peur de faire une bêtise en jouant dans cette pièce interdite est oubliée, la curiosité est plus forte. Une fois seule, hissée sur la pointe des pieds, Alice empoigne l'objet arrondi et chipe le *France-Soir* de l'autre main. En dessous du journal, elle s'étonne de l'image qui illustre la couverture d'un drôle de magazine, mais ne s'y attarde pas.

Elle se laisse tomber sur le parquet, tourne les pages. La photo du garçon lui paraît moins intéressante que la veille. Alice a déjà éprouvé ce sentiment, qu'une chose palpitante, si elle essaie de la revivre, devient ennuyeuse.

L'ennui, elle le connaît à l'école, en vacances. À la maison quand elle est dans sa chambre sans savoir comment s'occuper. Dans son lit avant de dormir et le matin avant de se lever, et aussi pendant les repas ou dans la voiture lorsque ses parents discutent entre eux de choses qui lui passent au-dessus de la tête. C'est un état auquel il semble impossible d'échapper, et pourtant il ne faut pas en parler.

Sa mère refuse de l'entendre se plaindre qu'elle s'ennuie. Alice ne sait si l'ennui est seulement réservé aux enfants ou si ça durera pour toujours. La dame remue des ustensiles dans la cuisine, bientôt elle aura fini de ranger et commencera à préparer le déjeuner.

« Te revoilà !

– On continue à s'ennuyer en grandissant ?

– Elle est difficile ta question.

– Est-ce mal de s'ennuyer ?

– Dis-moi ce qui te chiffonne. »

Alice ne répond pas. La dame a raison, c'est un sujet difficile. L'ennui est une chose tellement changeante… Une pensée lui traverse l'esprit, mais comment formuler une idée aussi étrange : si l'ennui change tout le temps, ça ne devrait pas être ennuyeux.

« Tu es bien sombre tout à coup.

– Je réfléchissais.

– Sais-tu que j'aime nos discussions !

– Vous ne me trouvez pas trop collante ?

– Pourquoi dis-tu cela ?

– Maman veut que j'apprenne à m'occuper seule.

– C'est ce que tu fais, même en étant avec moi. »

L'enfant examine la femme au corps massif, toujours en mouvement. Pour travailler, elle porte des souliers à semelles plates qui ont l'allure de chaussons. Ses bras, ses cuisses, ses mollets sont courts et charnus. La forme de sa poitrine surtout, si confortable d'aspect, enchante Alice. Elle voudrait pouvoir y enfouir son visage et ne plus en bouger, sentir ce corps moelleux et tiède, en respirer la bonne odeur.

Avec sa mère, elles se touchent peu, à peine un rapide baiser sur le front le soir avant d'éteindre la lumière.

Dans la rue, quand Alice essaie de prendre sa main, les doigts frêles de Katerine Molyneux tardent à se refermer sur les siens et ne serrent pas assez fort. Alice n'a pas l'impression que les autres enfants ont ce problème, leurs parents les tiennent avec fermeté et ne les lâchent pas. Entre novembre et avril, sa mère ne sort jamais sans ses gants, des gants au cuir très doux. Elle en possède une collection.

Aux beaux jours la nudité de ces mains exposées à la vue de tous paraît presque choquante. Ce sont de belles mains, à la peau fine, quotidiennement enduites de crèmes coûteuses, les ongles sont soignés, sa mère n'utilise pas de vernis coloré, elle ne met pas non plus de bagues, elle n'a que son alliance. Lorsqu'elle est dégantée, leur contact procure une sensation de froid, même en plein été.

Comme si souvent depuis le début des vacances, la dernière heure de la matinée Alice la passe à errer dans l'appartement. Elle finit par s'asseoir au pied de la bibliothèque du salon, puis se couche sur le tapis. Elle regarde les alignements de grands livres, sur leurs couvertures il y a des assemblages de lettres qui ne ressemblent à rien de ce qu'on lui apprend en classe. La forme des caractères est chaque fois différente. Elle s'étonne qu'il existe autant de façons de représenter les lettres de l'alphabet et qu'on réussisse quand même à les lire, pas toujours du premier coup.

Elle aime ce jeu, moins drôle maintenant qu'elle a déchiffré la totalité de ces mots inconnus et compliqués. L'idée qu'il s'agisse du nom des gens qui ont fait les choses montrées à l'intérieur des livres n'est pas tout à fait claire dans son esprit.

Le tapis, avec son motif en damier, pourrait servir de terrain de jeux s'il y avait quelqu'un pour jouer avec elle. On s'y déplacerait de case en case, comme au jeu de l'oie ou aux petits chevaux. Alice rêve à la copine d'école qui ramperait, parfois en avance sur elle d'une ou plusieurs cases, parfois en retard, depuis le coin du tapis jusqu'au centre du motif. Leur partie durerait des heures, personne d'autre n'aurait le droit de pénétrer sur le damier, pas avant qu'elles aient terminé.

Alice espère rencontrer cette meilleure amie à la prochaine rentrée, après quoi il faudra convaincre sa mère de l'inviter un jeudi. Rien de tel n'a encore été possible car c'était trop tôt pour son âge, a estimé Katerine Molyneux. Elle n'a pas promis qu'elle dirait oui cette année.

De retour dans le salon, la femme découvre l'enfant assise par terre, en tailleur. Elle lui trouve une attitude méditative, qui la fait songer à ces hippies d'Amérique dont on voit partout les images.

« Ton déjeuner est prêt, ma chérie. »

D'habitude une autre phrase succède à celle-ci, pour l'allécher, mais pas aujourd'hui. La femme s'agenouille auprès d'Alice, et elles demeurent ainsi, face à face, s'interrogeant mutuellement du regard.

« Tu n'as rien à me dire ?

– À sept ans, on peut inviter une copine chez soi ?

– Les enfants que je connais le font.

– Même avant d'avoir sept ans ?

– N'as-tu jamais reçu tes camarades, pour goûter et s'amuser le jour de ton anniversaire ?

– Il tombe en juillet.

– Tu aurais dû m'en parler !

– Je suis née le 6 et vous êtes arrivée le lendemain.

– Il y a une semaine. Veux-tu que nous le fêtions ensemble ? Qu'est-ce qui te ferait plaisir ?

– Je peux demander ce que je veux ?

– Tout ce que je suis capable de t'offrir. »

Alice réfléchit. Avec sa mère, l'espoir d'obtenir ce qu'elle convoite est toujours déçu et remis à plus tard. Quand la chose désirée est enfin possible, elle n'en a plus vraiment envie, elle en préférerait une autre, mais bien sûr celle-là est impossible.

Pour une raison qui lui échappe, elle sait que cette dame très gentille ne restera pas plus longtemps chez eux que les précédentes, peut-être sera-t-elle partie demain, sans explication, et on n'entendra plus jamais parler d'elle.

« Je voudrais une heure de votre temps.

– C'est d'accord.

– Vous ferez absolument tout ce que je désire ?

– Je te le promets. »

Après avoir quitté l'immeuble du boulevard Suchet, Katerine emprunte son itinéraire quotidien, d'un pas rapide. Certains jours elle traverse le jardin, d'autres fois elle le contourne. Aujourd'hui elle traverse. La première allée est déserte, un seul des bancs est occupé, par une adolescente à la frange trop longue qui la regarde avancer, par en dessous.

Plus loin, elle coupe la place de Passy, enfile la rue de l'Annonciation, elle y est presque.

Personne ne sait qu'elle vient se réfugier le matin dans ce bar, pour lire, une habitude récente. Elle s'installe à la table d'angle, attend que le serveur ait apporté son eau minérale. À cette heure les clients sont peu nombreux, les conversations rares et brèves font un agréable bruit de fond. Katerine entend, sans vraiment entendre, le bourdonnement intermittent du percolateur et les cliquetis de la caisse enregistreuse. Ça ne la gêne pas, au contraire, elle aime bien, alors qu'à la maison tout la dérange, le plus petit désordre sonore.

En femme soigneuse, Katerine a placé un marque-page à l'endroit où elle a interrompu hier sa lecture. Elle reprend :

« Vous confondez l'amour et l'obéissance. Vous m'obéirez sans m'aimer, et sans que je vous aime. »

Il faut qu'elle se concentre, se remette dans l'histoire.

Elle se sentit soulevée de la révolte la plus étrange, niant en silence à l'intérieur d'elle-même les paroles qu'elle entendait, niant ses promesses de soumission et d'esclavage, niant son propre consentement, son propre désir, sa nudité, sa sueur, ses jambes tremblantes, le cerne de ses yeux. Elle se débattit en serrant les dents de rage quand l'ayant fait se courber, prosternée, les coudes à terre et la tête en ses bras, et la soulevant aux hanches, il força…

Que ce soit bien écrit, Katerine l'admet, d'ailleurs elle apprécie que les précautions du style adoucissent la crudité du propos.

Elle criait de révolte autant que de douleur, et il ne s'y trompait pas. Elle savait aussi, ce qui faisait que de toute façon elle était vaincue, qu'il était content de la contraindre à crier.

C'est déjà la page 109 mais Katerine ignore toujours ce qu'elle pense de ce roman. Elle le lit parce que Grégoire l'a lu. Ses impressions personnelles comptent moins que sa volonté de comprendre quel plaisir il a pu y trouver. Il n'est pas le seul, un couple de leurs amis en dit du bien également.

La réputation littéraire de l'ouvrage n'explique pas tout.

Sans cette réputation flatteuse, les gens de leur milieu ne s'attarderaient pas à pareilles cochonneries et Grégoire n'aurait pas osé lui en conseiller la lecture. Non, elle n'est pas dupe : il doit y avoir autre chose, une raison plus profonde, qu'elle veut découvrir. Maintenant qu'elle a commencé, elle ira jusqu'au bout.

Pour l'instant, ça la laisse de glace.

Aussi obscures qu'elles soient, les intentions de l'héroïne lui paraissent moins incompréhensibles que celles de son amant, ce René. Peut-être parce qu'elle est elle-même une femme, et que le livre, si elle en croit la couverture, a été écrit par une femme. Il est troublant, songe-t-elle, qu'on ne sache jamais avec certitude si un roman est l'œuvre d'une femme ou d'un homme. Si elle apprenait qu'un homme en est l'auteur, son avis serait-il différent ? Grégoire et ces amis, les Dupuy-Marcellin, lui auraient-ils seulement prêté attention ? Raconté par une femme, c'est censé être plus excitant.

Grâce à cette lecture, Katerine espérait mieux connaître son mari. Elle devine, hélas, que ça va élargir entre eux le fossé. Le penchant de Grégoire pour certaines menues perversités lui est connu depuis longtemps, elle s'en accommode, se contente de poser des limites, qu'il respecte à peu près.

Elle s'en tient à des actes simples. Pourquoi changerait-elle, à trente-cinq ans ? Le mot « sexe », que Grégoire et quelques-unes de leurs relations emploient à tout bout de champ pour évoquer les choses de l'amour, lui est désagréable. Elle n'y voit qu'un nouveau conformisme, dans ces cercles de pouvoir où l'on se paie volontiers de mots pour avoir l'air affranchi. Quand ils font l'amour, Grégoire a des attitudes d'enfant, rien à voir avec l'image qu'il cherche à donner de lui en société.

Les premières années de leur mariage, avant la naissance d'Alice, elle l'a idolâtré, n'a vécu que pour lui et à travers lui. Elle continue, cela exige juste un peu plus d'efforts.

Si elle est honnête, elle ne regrette pas cette période d'insouciance. Trop de voyages, de sorties, de surprises. Elle appréciait l'énergie que Grégoire déployait pour sans cesse la divertir, mais n'avait pas besoin d'un tel cinéma pour se sentir heureuse. Elle le regardait s'enivrer de lui-même, le laissant se persuader qu'il faisait ça pour elle, puisque c'est ce qu'il voulait.

Sa conception du bonheur, forgée à l'adolescence, est aux antipodes de ces simagrées. Elle a toujours désiré avoir une vie rangée, à l'abri, dans l'ombre d'un mari. En vieillissant, elle s'approche de cet idéal. Question de patience. Ce qu'elle perd d'un côté, elle le gagne de l'autre.

Au début il lui parlait beaucoup de ses projets, de sa carrière. Grégoire ne sollicitait pas son opinion, mais lorsqu'elle la donnait, il l'écoutait. Il se peut que, de loin en loin, une remarque de bon sens ait influé sur telle ou telle décision. Aujourd'hui il n'aborde plus les sujets de fond, il préfère commenter, par le petit bout de la lorgnette, les agissements du personnel. Katerine s'étonne, avec les responsabilités qui sont les siennes, qu'il soit si parfaitement informé de détails parfois très privés. Où trouve-t-il le temps ? En quoi ces bêtises peuvent-elles l'intéresser ? Elle garde ces interrogations pour elle. Après tout, peut-être est-ce cela, diriger les autres.

Il y a une phrase qui lui sert de bouclier, elle la répète en toute occasion, une formule élégante et creuse, qui n'appelle pas de réplique : « C'est le rôle normal d'une épouse. » Combien de fois l'a-t-elle prononcée !

« Chérie, désolé de te prévenir si tard.

– *C'est le rôle normal d'une épouse.* »

« Katerine, nous débarquons comme des sauvages et vous nous recevez comme des rois.

– *C'est le rôle normal d'une épouse.* »

« Encore un de vos miracles, mais toujours avec le sourire.

– *C'est le rôle normal d'une épouse.* »

« Vraiment, Grégoire a de la chance de vous avoir.

– *C'est le rôle normal d'une épouse.* »

Elle est surprise qu'à l'énoncé de cette réponse passe-partout, personne ne hausse jamais le sourcil, pas plus leurs amis, hommes et femmes, que ses beaux-parents, les collaborateurs de Grégoire, ou Grégoire lui-même. Elle s'en amuse secrètement à chaque fois. Ils acceptent la réponse comme normale, car elle l'exprime sur un ton normal, de ce ton neutre et détaché qu'elle utilise en permanence pour avoir la paix. Elle y ajouterait une pointe d'ironie, comment réagiraient-ils ?

Accoutumée depuis l'enfance à se surveiller et à être maîtresse d'elle-même, Katerine sait que la présence quotidienne dans ce café d'une jeune et jolie dame finira par susciter un peu plus que de la curiosité. Si quelqu'un l'observait, ce quelqu'un remarquerait qu'elle n'a encore tourné aucune page de son livre. Comme personne ne l'observe, pas même à la dérobée, inutile de faire semblant. Elle aime être consciente de l'enchaînement de ses pensées. Elle s'y exerce. Sinon, on ignore pourquoi certaines réflexions nous viennent à l'esprit et on se trahit dans la conversation.

Par cette technique, appliquée à autrui, elle en apprend long sur les gens. Il est presque aussi impossible de lui mentir que de la percer à jour. Elle ne croit pas qu'il sera aisé d'enseigner cela à Alice. Lorsqu'on est une fille, on a pourtant intérêt à jouer avec un coup d'avance.

Bien sûr, à partir de la semaine prochaine, quand elle aura fini le roman, elle ne mettra plus les pieds ici. D'habitude, à dix heures trente, elle est déjà à ses rendez-vous ou occupée à faire des courses. Mais entre l'oisiveté d'une bourgeoise qui planifie ses journées comme celles d'un homme d'affaires et son oisiveté présente, qui pour s'apercevoir de la différence ?

Elle retrouvera Cécile à midi, chez Lasserre. Ça lui laisse une heure. Il faudrait qu'elle avance dans sa lecture. Si elle tergiverse, c'est que la scène suivante, au bas de la page 109, ne lui inspire rien de bon.

Sans doute les gens sont-ils avides de descriptions scandaleuses. Elle peut s'abaisser à lire n'importe quelle horreur, et elle va le faire. Ce qui la rebute c'est de savoir que pour la majorité des lecteurs, l'acte décrit, au lieu d'être considéré avec rigueur et sang-froid, le sera avec une légèreté imbécile. Il lui en coûte de devoir ranger son mari et les Dupuy-Marcellin parmi ces imbéciles, mais elle a subi par deux fois leurs bavardages sur le sujet, c'était éloquent.

Tout en lisant les pages pénibles, Katerine conserve un maintien lisse, une physionomie irréprochable. Elle ne peut exclure, malgré l'insignifiance de l'endroit, qu'une de leurs relations survienne à l'improviste. Il faudrait escamoter le livre, fournir une explication.

Elle se demande si sa fille n'a pas déjà assimilé quelques rudiments de duplicité. Ce serait un bon point. Ne faisait-elle pas semblant, ce matin, de s'occuper sagement dans sa chambre ? Elle a l'air de bien s'entendre avec la nouvelle employée de maison.

Sa propre mère était très sévère. À sept ans, elle réussissait parfois à tromper sa vigilance. Trop facilement ? Peut-être cette femme redoutable et rusée fermait-elle exprès les yeux, pour mieux la dresser, comme elle-même le fait maintenant avec Alice. Il y a un âge où les fillettes veulent imiter les garçons, monter au grenier ou descendre à la cave en cachette. Dans quels recoins mystérieux s'aventurer, songe-t-elle, pour jouer à se faire peur dans un appartement moderne ?

Le pire est passé, momentanément. L'héroïne meurtrie réfléchit à ce qui l'attend. Katerine lit la suite avec commisération, jusqu'à la page 113. Pour aujourd'hui elle a sa dose. Elle n'aimerait pas être à sa place, mais voudrait-elle de la sienne ?

Il lui déplaît d'établir le parallèle.

Grégoire a-t-il envisagé toutes les conséquences, en lui mettant ce livre dans les mains ? Après dix ans de mariage, elle découvre encore des facettes de sa personnalité. Il est impétueux, nigaud, stratège, facile à berner, difficile à convaincre, susceptible, dépourvu de rancune et de remords. C'est un homme charmant et plein d'esprit, un amant médiocre, un père maladroit. Sa mère prétend qu'il est un bon fils. Il est permis d'en douter. Il n'a jamais connu l'échec. Il a le sens des affaires, gagne des fortunes, ses amis affirment que sa qualité principale est l'instinct. Ses détracteurs, car il commence à faire des jaloux, disent qu'il est dispersé, brouillon, que ça le perdra.

On a beau appartenir au même monde, il y a les enfants élevés à la dure, comme elle, et les enfants gâtés, comme Grégoire.

Il envie Antoine Dupuy-Marcellin, c'est ce qui préoccupe Katerine. Que lui envie-t-il au juste ? Ses *idées progressistes* ?

L'épouse d'Antoine, la belle Stéphanie, exerce sur leur groupe une influence pernicieuse. Ils sont plusieurs couples à se fréquenter une ou deux fois par mois. Entre eux, en apparence, règne une bonne ambiance, sans rivalité ni tension. En apparence seulement, mais de cela il semble que personne ne soit conscient, excepté Katerine.

Elle a remis le livre dans son sac, déposé un billet de cinq francs dans la coupelle. Elle a connu le Victor Hugo marqué cinq cents francs, remplacé par le Victor Hugo de cinq nouveaux francs, remplacé par celui-là, à l'effigie de Louis Pasteur, où les francs ne sont plus ni nouveaux ni anciens, et qu'on parle déjà de supprimer, deux ans après sa mise en circulation.

Le *pound* britannique ne connaît pas ces soubresauts. Grégoire a déclaré, lors du dernier dîner, que les Anglais s'apprêtent à passer au système décimal, l'annonce officielle ne serait, selon lui, qu'une question de semaines, de jours.

Impatient, comme d'ordinaire. Ses yeux brillaient.

Quel profit espère-t-il en tirer ? Katerine a l'impression que Grégoire est de mieux en mieux introduit dans les cercles gouvernementaux, des deux côtés de la Manche. Elle note aussi cette tendance qu'il a, depuis quelque temps, à trop parler, surtout en présence des Dupuy-Marcellin.

C'est une belle promenade pour aller chez Lasserre. Elle doit parcourir la moitié du 16e arrondissement et une partie du 8e.

Le plus direct, après la rue Raynouard, est de couper par le Trocadéro, direction la place de l'Alma. Devant le musée d'Art moderne, elle contourne l'« environnement cinétique » de l'artiste Soto. Il paraît que le touriste et le badaud sont invités à pénétrer dans ce parallélépipède de tiges oscillantes, pour les mettre en mouvement, faire vivre l'œuvre, des choses de ce genre. Chaque fois qu'elle est passée ici, depuis le début de l'exposition, en juin, elle n'a vu personne s'y hasarder, hormis des enfants et un toutou que son maître avait libéré de sa laisse.

On raconte que le nouveau président s'intéresse à cette forme d'art. C'est étonnant, on ne dirait pas, à le voir. En ce moment, les Dupuy-Marcellin ont la manie d'afficher des opinions, des goûts inattendus, comme pour se donner une position supérieure. Katerine les imagine empêtrés dans la structure de Soto.

Place de l'Alma, elle tourne la tête vers Chez Francis. Une semaine sur deux avec Cécile, quand c'est à Cécile de payer, elles se retrouvent dans cette brasserie, moins onéreuse que Lasserre. Leurs rendez-vous sont toujours fixés à midi, toujours seule à seule. Entre elles, sans doute peut-on parler d'amitié. Elles ne se disent pas tout, mais ce qu'elles se disent, elles ne le confieraient à personne d'autre.

Comme elle a marché vite, elle ralentit le pas dans la rue Jean-Goujon. Petite fille, elle y est venue avec ses parents. La voiture avait franchi une grille noire. Le chauffeur, se souvient-elle, avait manœuvré sur les gravillons. D'autres automobiles, semblables à la leur, étaient garées dans l'allée, en épi. Tout l'avait éblouie, ce jour-là.

Ils auraient les moyens d'emménager dans l'un de ces hôtels particuliers. Ce serait trop grand, trop haut de plafond, difficile à chauffer en hiver, les parquets et les marches d'escalier craqueraient, il y aurait des boutons de porte et des interrupteurs en porcelaine, beaucoup de travaux. Elle en rêve. Grégoire s'y oppose, il prétend être attaché à leur appartement du boulevard Suchet. Elle n'a pas renoncé à le faire changer d'avis.

Mercredi dernier, Cécile était anormalement enjouée.

En principe ça annonce des révélations chocs. Elles n'ont pas la même vie. Celle de Cécile est pleine de péripéties. La sienne, si calme, si sage.

Elles arrivent au même instant. On les conduit à leur table, en haut, sous le toit mécanique. Le ciel de Paris, à travers ce rectangle, paraît toujours plus bleu, plus pur. Un effet du décor.

À peine assises, le sourire qui illumine le visage de Cécile et la rend si séduisante éclaire aussi celui de Katerine. Les deux femmes conserveront cette figure radieuse jusqu'à la fin du repas.

Cécile est impatiente de raconter. Leur rituel veut que ce soit Katerine qui lance la conversation.

« Toi, tu as une bonne nouvelle à annoncer.

– J'en ai même deux ! »

Georges, qui se tenait cérémonieusement en retrait, avance d'un pas. Elles connaissent la carte par cœur, il attire leur attention sur la sole, servie avec une fondue de poireaux et fenouil. D'accord pour la sole. Georges sait qu'elles ne prendront pas de vin. Il se retire. Une demi-minute plus tard, la Badoit embue le bord de leurs verres.

« Tu te maries et tu es enceinte.

– J'ai revu mon chausseur, mon beau chausseur. Chez lui.

– Si rapidement ?

– Et en allant chez lui, j'ai croisé quelqu'un. »

Avec Cécile on n'est jamais au bout de ses surprises. On s'attend à une révélation choc. La révélation arrive, ce n'est pas ce qu'on croyait.

« Il habite près de l'Assemblée, rue de Bourgogne. Quand je suis entrée dans l'immeuble, devine qui en sortait ? Philippe Noiret !

– Ça alors.

– Ils sont voisins, ils s'entendent très bien.

– Tu comptes le revoir ?

– Noiret ?

– J'en étais sûre ! Comme tu es versatile !

– Je n'ai encore rien dit…

– Il suffit de te regarder pour comprendre. »

Cécile secoue la tête, faussement désolée. Elle adore qu'on l'asticote sur ses amours. Elle semble bien en pincer pour le comédien, devenu une vedette depuis son rôle de paysan qui sombre dans la paresse, mais minaude pour faire languir son amie. L'ingénuité de sa réponse désarçonne Katerine. Dans quel sens l'interpréter ?

« Je le trouve corpulent, mais il a l'air si bon.

– Comme Grégoire tu veux dire ?

– Il fait toujours son régime ?

– Presque trop sérieusement, il a déjà perdu dix kilos.

– Tu le préfères comme ça ?

– Je l'aimais comme il était.

– Alors pourquoi vouloir maigrir ?

– Je me pose la question. »

Les soles sont déposées sur la table. Les deux amies contemplent poliment leurs assiettes, écoutent les explications.

Katerine lève la tête vers le toit mécanique, Lasserre clame partout qu'il n'existe rien de comparable à Paris.

« Ma fille est obsédée par cette mission Apollo. Elle nous a déclaré, hier soir, qu'elle remercie Dieu de l'avoir fait naître à l'époque de cet *événement historique.* C'est l'expression qu'elle a employée.

– Autour de moi les gens ne parlent que de ça, ils sont d'un ennui avec leur fusée. Vivement que ce soit terminé.

– Ton chausseur doit mieux se tenir.

– Détrompe-toi. Il a prévu de suivre l'alunissage en direct.

– Alice vit dans la peur de rater le moment où ils arriveront sur la Lune. Elle est persuadée qu'ils ont déjà décollé !

– Regardera-t-elle la retransmission télévisée avec vous ?

– Je ne sais pas.

– Sois compréhensive. C'est un spectacle pour les enfants.

– Grégoire m'a fait la même remarque. »

Cécile avale son plat à toute vitesse. Katerine pique avec sa fourchette des petites bouchées, espacées. Jamais Cécile n'a entendu, de sa part, un compliment sur la cuisine de Lasserre, aucun reproche non plus. Parmi les sujets sur lesquels il est impossible de lui arracher un mot, il y a aussi le sport, la politique, l'argent, les soucis de santé, la mort de ses parents. Elle est plus loquace quand il s'agit de sa fille, de son mari, des amis du couple, et elle aime parler de ses lectures, des films qu'elle va voir, dans les cinémas du quartier de l'Étoile, seule, trois ou quatre fois chaque semaine.

Au début Cécile avait tenté de l'accompagner, Katerine lui a toujours opposé le même refus ferme, finissant par expliquer : « Je suis seule lorsque je lis un roman, je veux que ce soit pareil devant un film. Je choisis exprès l'horaire où il y aura le moins d'affluence. Et un siège isolé. La compagnie, au cinéma, me perturbe. »

Elle peut raconter ensuite avec un luxe de détails suggestifs, en y mêlant ses propres jugements, comme s'il était question de la vie de personnes qu'elle côtoie quotidiennement. Cécile s'y laisse encore prendre.

« Toujours dans ton roman anglais ?

– Pourquoi anglais ? Il n'est pas anglais. »

L'erreur de Cécile est compréhensible. Pour ne rien dire du livre qu'elle cache dans son sac, le mercredi précédent Katerine a raconté un autre roman, lu il y a une éternité. Elle avait oublié le nom du héros. Prise au dépourvu, elle l'a baptisé Stephen, le regrettant aussitôt.

« J'ai été déçue par la fin.

– Tu es toujours déçue par les fins.

– Comment comptes-tu t'y prendre avec Noiret ?

– Je te rappelle que c'est un homme marié.

– Je suis au courant.

– Marié et heureux en ménage.

– On le dit.

– Je n'ai pas l'intention de me ridiculiser. »

Par le passé, certaines fois Katerine a eu la nette impression que Cécile agissait par défi, plus que par désir véritable. Ce chausseur ne sera qu'une aventure sans lendemain, comme son amie les collectionne. Philippe Noiret, marié ou pas, c'est autrement intéressant. Elle a très envie de l'encourager à flirter avec lui.

« C'est un homme de goût, tu lui plairas. Tu lui plais déjà. Il a l'air bien élevé, il te traitera avec égard. Qu'as-tu à y perdre ? »

Cécile réfléchit aussi vite qu'elle dévore.

Dès le premier instant, Katerine s'est doutée qu'elle était accrochée. Sa réplique achève de l'en convaincre.

« Et toi, il te plairait ? »

Katerine fait mine d'étudier avec sérieux cette possibilité inattendue, elle sait que de la réponse qu'elle va faire dépendra la décision de Cécile de relever ou non le défi. Elle applique le précepte enseigné par sa mère : quand on a le choix, le meilleur choix c'est d'être sincère.

« Je te le dis avec franchise, si je n'avais pas Grégoire, Philippe Noiret est *exactement* le genre d'homme dont je pourrais tomber amoureuse.

– Tu me donnes une idée.

– C'est non.

– Si on organisait quelque chose, rue de Bourgogne ?

– Je viens de te le dire, c'est non.

– Rien que nous quatre. Noiret, mon chausseur, toi, moi. »

Picorant des portions de plus en plus infimes du poisson et de sa garniture, des miettes, qu'elle redivise chaque fois en deux, Katerine prend le temps de la contre-offensive.

Finalement, quelles raisons aurait-elle de refuser ? Elle est curieuse de voir à quoi ressemble ce Noiret, de près. En acceptant, elle offre à Cécile un prétexte honorable pour le faire inviter par son chausseur. Il faudrait que ce soit moins formel qu'un dîner, plutôt un apéritif. En adoptant le rôle qu'elle maîtrise le mieux, celui de faire-valoir, elle poussera son amie dans les bras de l'acteur.

« J'accepte. Seulement pour l'apéritif.

– Ce sera plus commode pour éviter les conjoints.

– Nous sommes d'accord. »

Cécile voue un culte à l'efficacité. Elle a une devise, la répète souvent : « Vite et bien. Deux fois bien. » La NASA n'aura pas encore posé son engin sur le sol lunaire que Cécile aura déjà fixé la date, l'heure, et précisé tous les détails du traquenard de la rue de Bourgogne.

« Le premier week-end d'août, j'emmène Alice à Pornic.

– Hors de question d'attendre si longtemps. La bête a été aperçue dans l'immeuble. Il faut l'intercepter avant qu'elle ne s'échappe.

– Nous jugerons sur pièce, mais je ne comparerais quand même pas ce monsieur à un fauve. »

Ces mots suscitent des pensées que Katerine passe prudemment sous silence. L'évocation d'autres hommes a toujours pour effet de la ramener vers Grégoire. Comment pourrait-elle cesser de l'aimer ? Cécile réagit à l'inverse, l'apparition d'un nouvel homme aussitôt la détourne du précédent.

« Combien de temps resteras-tu à Pornic ?

– Je la dépose et rentrerai à Paris le lendemain. Grégoire a beaucoup de travail, pas de vacances cet été. Il me veut près de lui, tu sais comment il est.

– Mon chausseur m'a promis une surprise pour le mois d'août.

– Peut-être est-ce lui qui en aura une, de surprise. »

Les deux femmes rient gaiement. On débarrasse leurs assiettes. On leur propose les desserts, elles déclinent mais acquiescent pour le café.

L'autre rituel de leurs déjeuners hebdomadaires, en dégustant le café, est de commenter les rumeurs et de s'amuser à dire du mal des gens. Quand un café n'y suffit pas, elles en commandent un second. En ce moment, leur tête de Turc s'appelle Stéphanie Dupuy-Marcellin. Cécile ne la connaît pas, ne l'a jamais vue, ce qui n'empêche pas de la détester. Pour Katerine, elle représente un problème sérieux. Pour Cécile, une distraction.

« La Dupuy-Marcellin a-t-elle encore fait des siennes ?

– Elle me désespère. Pas autant que notre aveuglement. Je dois avouer qu'elle est d'une habileté sans limites. »

Lorsque cette Stéphanie est entrée dans la vie de leur ami Antoine, deux ans plus tôt, Katerine en a d'abord été enchantée. Tout leur groupe est tombé sous le charme de la jeune femme. Sa blondeur était discrète, la remarquable beauté de son visage n'avait rien de tapageur. On percevait son intelligence aiguë derrière l'attitude effacée. Bien sûr, personne n'aurait voulu qu'Antoine s'entiche d'une idiote.

Un agrément de ces soirées bimensuelles est que les femmes y tiennent leur rôle en se servant de leur tête aussi bien que les hommes. Pas au point de faire de l'ombre au mari ou d'empiéter sur ses plates-bandes. Il faut accorder au paon l'espace dont il a besoin pour accomplir sa parade.

Assez vite, encouragée par la lâcheté d'Antoine, Stéphanie a transgressé les règles. Celle, par exemple, voulant que l'épouse ne disserte pas en public sur les affaires de son époux, à moins d'y être invitée. Que cette fille se mêle de tout, déjà c'est agaçant, mais elle le fait pour nuire, pour diviser.

« Elle finira par ruiner l'entente de notre groupe et par détruire Antoine. À travers lui, je pense qu'elle cherche à atteindre Grégoire.

– Et si tu l'aidais à hâter la dislocation ?

– J'y ai pensé. Je trouve l'idée sordide.

– Est-il impossible de rallier les autres femmes à tes vues ?

– Aucune ne veut paraître jalouse de Stéphanie.

– Quel imbroglio. Il n'y a donc pas d'issue ? »

Bien qu'elle improvise ce qui suit, Katerine fait comme si elle n'avait attendu que ce moment pour mettre son amie dans la confidence. Elle baisse la voix, Cécile se rapproche.

« Il y aurait bien une solution, en dernière extrémité.

– La faire enlever !

– J'ai vu employer ce stratagème au cinéma. Lors d'une réception dans une villa, avec beaucoup d'invités, un jeune homme s'aperçoit que sa fiancée est occupée à séduire un beau garçon, près du bar. Il les rejoint, très à l'aise, très souriant, se mêle à la conversation et brille suffisamment pour éclipser la fiancée indélicate. Quand soudain, entre deux flûtes de champagne, il attire à lui le playboy stupéfait et l'embrasse à pleine bouche, devant la fille, devant tout le monde. Le gêneur est éliminé. Ensuite, le héros se paie même le luxe de demander à la fille de lui pardonner, et bien entendu elle lui pardonne.

– Tu veux séduire Stéphanie ?

– En ultime recours.

– Et moi qui te proposais Noiret, c'est insensé.

– Tu m'en juges incapable ?

– Quel est ce film, je ne crois pas l'avoir vu…
– Réponds à ma question. »

Katerine a réclamé deux autres cafés. Cécile met ce temps à profit pour enrober sous une formulation moins rude la vérité qu'elle estime devoir à son amie. Elle est plus habituée à faire le contraire, travestir des banalités en mots d'esprit et piques assassines. Les personnes qu'elle fréquente en dehors de Katerine le lui reprochent assez.

« Ton animosité envers cette femme a tourné à l'obsession. Es-tu certaine que ça ne cache pas autre chose ?
– Si tu pouvais dire vrai !
– Réfléchis-y.
– Tu veux mon bien. Moi, celui de mon couple. »

Cécile a l'ouïe fine, elle comprend que le sujet est clos pour aujourd'hui. Aux tables voisines des gens se lèvent, la salle commence à se vider. Afin de se séparer sur une note plus légère, Katerine interroge :

« Noiret, c'est le genre à se vexer si on ne connaît pas ses films sur le bout des doigts ? Tu les as tous vus ?
– Il joue au théâtre aussi.
– J'oubliais le théâtre.
– Comment prévois-tu de t'habiller ?
– Pantalon et chemisier si tu portes une robe. Tailleur-jupe si tu mets un pantalon. »

Katerine sait ne pas posséder l'éclat des très jolies femmes, telles Cécile ou Stéphanie. Pourtant elle plaît, ce n'est pas nouveau. Depuis l'adolescence, elle ne cesse de ruser avec la convoitise masculine. Si possible sans perdre sa bonne humeur. Elle a appris à contrecarrer les idées qu'elle éveille chez les hommes, chaque femme en provoque des différentes. Elle fait naître chez eux un désir de possession bestiale, qu'ils voudraient satisfaire sur-le-champ. La plupart essaient de se maîtriser. Rares sont ceux qui y parviennent jusqu'au bout.

La coquetterie de Cécile est proverbiale.

Il suffira à Katerine d'être un ton au-dessous. Elle sait que son amie ne résistera pas à l'emplette d'une robe à la dernière mode. Elle la lui décrira la semaine prochaine chez Francis, et implorera Katerine de l'excuser de la placer devant le fait accompli.

« Alors nous en reparlons mercredi ?

– N'aie crainte, je m'adapterai. »

Une vision l'assaille. Le dressing de Cécile, rempli d'une quantité telle de manteaux, foulards, corsages, sacs, chaussures, que même les boutiques où elles se fournissent n'ont pas autant de choix. En comparaison, ses propres placards paraissent dégarnis. Il est vrai qu'elle trie ses vêtements et ceux de Grégoire, avec l'aide de la femme de ménage, une fois par an. Les habits dont on ne veut plus sont déposés au Secours catholique.

Un jour, passant en taxi dans un quartier de faubourgs, au débouché d'une ruelle Katerine avait reconnu un veston de Grégoire, sur le dos d'un clochard. Plus loin elle avait cru voir l'une de ses robes, attifant une gamine au visage de droguée. À l'échelle de Paris, deux millions et demi d'habitants, pareille coïncidence est exclue, aberrante. Elle avait été meurtrie par cette irruption de mauvaise conscience et submergée par la honte. Depuis elle ne s'aventure plus dans ces arrondissements miséreux, comment y aurait-elle sa place ?

Comme d'habitude, elles ont débordé sur l'horaire.

Il n'est pas aisé de s'enfuir de chez Lasserre. On vous ouvre la marche avec des salamalecs qui ralentissent votre avancée. Dix fois on vous salue et dix fois il faut s'arrêter, répondre un mot aimable, avant d'atteindre la sortie. Heureusement la note est portée sur un compte, Katerine n'a pas la corvée de devoir établir un chèque.

Cécile, un peu plus grande, a aussi le talon qui claque plus fort. Elle fait entendre qu'elle est pressée, une attitude puérile, qui amuse Katerine. Ce qui l'a séduite au début, ce sont ses maladresses de comportement. Une vraie bourgeoise les éviterait, mais Cécile progresse, elle commet moins d'erreurs, sans que disparaisse la spontanéité qui la rend si attachante.

« Je ne m'en lasse pas.

– De quoi parles-tu ?

– D'ici, de toi, de nous, de tout.

– Que fais-tu maintenant ? »

Avec cette halte matinale au café, depuis quelques jours Katerine s'est mise en retard dans ses courses et ses rendez-vous. Si elle veut être de retour boulevard Suchet pour l'heure du goûter, elle ne doit plus traîner.

« Comme toi. Des courses.

– Tu pars de quel côté ? »

La question est inutile. L'une et l'autre savent que Katerine remontera l'avenue en direction de l'Étoile et que Cécile la descendra vers la Concorde. Brusquement, elles semblent impatientes de se quitter.

Elles se disent au revoir, en coup de vent.

Lorsqu'elle pousse la porte rue Marbeuf, le magasin est désert. Madame Huguette Thuillier est invisible. Sa voix la précède, comme surgie d'un haut-parleur dissimulé dans quelque recoin.

« Bonjour madame Molyneux. »

Katerine tourne sur elle-même, désorientée.

« Oh bonjour, je ne vous voyais pas !

– Votre commande est prête. »

Les chemises sur mesure, au nombre de six, sont prestement étalées sur le comptoir. Katerine les passe en revue. Le régime de Grégoire l'oblige à renouveler de fond en comble son vestiaire. Elle a décidé de commander les chemises seulement par six, afin de ne pas être piégée s'il continue à perdre du poids. Idem pour ses costumes. S'il se met à faire le yo-yo, ça va devenir un casse-tête.

Thuillier Chemisier est la meilleure adresse de Paris. Tout le monde ne le sait pas. « Un jour ils couperont pour les présidents de la République », a prédit Antoine Dupuy-Marcellin.

« Vous me reverrez en fin de semaine, dès que mon mari les aura essayées. Je veux m'assurer qu'il n'a pas bougé en taille. Elles lui plairont. Il lui en faudra d'autres.

– Nous sommes à votre service.

– Je voudrais jeter un œil aux cravates.

– Par ici. »

Il n'y a pas d'accessoire vestimentaire qu'elle aime davantage que les cravates, parfois elles lui font regretter de ne pas être un homme. Une cravate, même laide, peut avoir de l'élégance. Grégoire ne sait pas les choisir. Il ne se préoccupe que de leurs couleurs et de leurs motifs. Tout a de l'importance dans la cravate, sa largeur, sa matière, sa finition. La silhouette de Grégoire étant ce qu'elle est, il lui faut des modèles de neuf centimètres, huit et demi minimum. En ce moment la mode le favorise. On revient, semble-t-il, à des choses plus larges.

« Vous recherchez un modèle précis ?

– Mon mari n'aime que le bleu et le rouge.

– C'est très demandé en effet.

– Donc celles-là, je les élimine.

– Puis-je me permettre un conseil ? La soie dans des tons classiques, unie, à pois ou finement rayée, ne se démode pas. Mais la tendance est aux matières mates, la laine, le cachemire, avec des rayures plus larges et des teintes plus audacieuses.

– Je l'ai remarqué.

– Dernièrement, pour un de nos clients étrangers, notre atelier a produit un assortiment de cravates en cachemire, avec des alternances de rayures, je vous donne un exemple, dans les gris, rouille et céladon.

– Un client anglais ?

– Pas du tout.

– C'est surprenant. »

La mention de cet article suscite la vision d'un homme grand et mince, aux cheveux roux. Katerine se ressaisit, quand elle réalise que c'est avec ce même physique qu'elle imagine sir Stephen, le bourreau de son roman. Elle remplace l'indésirable par Grégoire, mais c'est la cravate qui ne va plus.

« Je vais réfléchir.

– Oui, ne décidez rien à la légère. »

Elle trouve tout de suite un taxi, dépose le trop encombrant sac Thuillier Chemisier à côté d'elle sur la banquette.

« Conduisez-moi chez Sirop et Pauliet, place Victor-Hugo. »

Par quel mystère Grégoire bousille-t-il toujours son bracelet de montre ? Elle le lui renouvelle quatre fois par an. L'arrachage se produit au niveau du trou dans lequel il insère l'ardillon. Katerine le soupçonne, lorsqu'il veut ôter sa montre, au lieu de manipuler délicatement le fermoir, de tirer dessus.

Beaucoup de ses gestes sont brusques, il est impatient.

Le vendeur conseillera peut-être un modèle plus résistant. Pourvu que ce soit du cuir de vachette noir, sans grain, surpiqué ton sur ton, Grégoire sera content. Il pestait hier soir de devoir passer la journée sans montre. Elle lui a rappelé qu'il en possède deux autres, neuves, des cadeaux. Il n'a rien voulu entendre. Il a préféré partir travailler le poignet nu. Encore une preuve de son caractère capricieux. Quand il se bute, inutile d'insister. Ça lui jouera des tours. Elle non plus n'a pas cédé. Se fournir chez Sirop et Pauliet, ce n'est pas comme aller au Prisunic, le bracelet est posé par un spécialiste. Voudrait-il prendre le risque de perdre sa montre chérie, parce que le bracelet a été monté à la va-vite ? Qu'a-t-elle de si exceptionnel, cette montre ?

C'est une Omega, sa mère la lui a offerte pour ses vingt ans. Le cadran argenté a un aspect guilloché, sauf le petit cadran des secondes dans la partie inférieure, dont le fond est lisse. Vraiment, rien qui sorte de l'ordinaire.

Son trouble ridicule, tout à l'heure, devant le présentoir de cravates, il ne faut pas que ça se reproduise. Pourquoi fait-elle durer autant la lecture de ce roman ? Elle pourrait l'expédier, sauter des passages, mais non, elle s'arrête sur chaque phrase. Aujourd'hui, cinq pages. À ce rythme, elle n'aura même pas fini avant le départ pour Pornic.

Le chauffeur a réglé sa radio sur la fréquence d'Europe n° 1. C'est le carillon et le flash d'information de 15 heures. Toujours la fusée Apollo et les astronautes Aldrin, Armstrong, Collins. Est-ce si anormal de n'éprouver aucune curiosité pour cette mission spatiale ? Le journaliste annonce que le vaisseau s'élancera de Cap Canaveral dans précisément trente minutes.

L'homme guette sa réaction dans le rétroviseur.

« Ceux-là, jamais on ne les reverra sur la Terre. »

Par pitié, qu'il se taise.

« Mon cousin, qui travaille au Bourget… »

Place Victor-Hugo, Katerine renvoie le taxi trop bavard. Elle terminera le trajet à pied, en profitera pour faire une halte chez le docteur Zabalotegui et demandera qu'on décale son rendez-vous de lundi matin.

Elle a l'impression qu'il y a moins de monde dehors et dans les magasins que les autres jours. Sont-ils tous déjà devant leur téléviseur, pour assister au décollage ?

Le cabinet de gynécologie du docteur Imanol Zabalotegui, au premier étage d'un bel immeuble en pierre de taille, est bizarrement aménagé. Le mobilier, massif et rustique, vient du Pays basque. Les murs sont ornés de photographies représentant des scènes typiques de la vie locale, de quelques peintures aussi, pas du meilleur goût. Elle n'aurait pas aimé être suivie par une femme. Elle n'aimerait pas non plus partager son gynécologue avec ses amies. Aucune ne lui a conseillé Zabalotegui, et elle ne l'a recommandé à personne. Elle l'a choisi parce qu'elle a vu sa plaque, en passant un jour sur l'avenue Raphaël, et que c'est à deux pas du boulevard Suchet.

La secrétaire est la même depuis dix ans. Katerine l'apprécie. Elle sait se montrer arrangeante, se comporte d'égale à égale sans être impolie, et il y a dans ses rapports avec le docteur, quand on surprend leurs échanges, un esprit de taquinerie, un ton pince-sans-rire très amusants.

Elle est au téléphone, lui fait un signe complice de la main.

Dans la salle d'attente, la lumière est éteinte, comme souvent. Certaines patientes, n'osant pas allumer, demeurent dans l'obscurité. Katerine ignore si les Basques ont la réputation d'être avaricieux, ou si le docteur Zabalotegui est l'unique fautif. À cet instant, la pièce est vide. Elle contemple une photo, la seule en couleurs, on y voit des maisons très coquettes avec leurs façades géométriques aux volets peints en rouge *sang de bœuf*. Il paraît que le sang de cet animal était utilisé autrefois pour préserver le bois du pourrissement et des parasites. Du moins est-ce l'explication que lui a donnée le docteur le jour où, imprudemment, pour être aimable, elle a posé une question sur ce beau rouge, tirant vers le brun, qu'on retrouve partout au Pays basque.

La secrétaire raccroche, l'interpelle :

« Pardon de vous avoir fait attendre. J'ai cru que je ne m'en débarrasserais jamais.

– Une patiente ?

– Un démarcheur, pour un institut d'enquête. Votre rendez-vous est bien noté, mais pour lundi, neuf heures trente.

– Je désirerais le déplacer.

– Il n'y a aucune possibilité avant la fin du mois. Le cabinet est fermé en août. Septembre, cela ne fera pas trop loin ? »

Tandis que la secrétaire tourne les pages de son cahier et fait glisser la pointe du crayon, colonne après colonne, à la recherche d'une date, Katerine observe le dessus de son crâne. Le sillon qui sépare la blonde chevelure en deux masses égales, ce sillon rectiligne révèle un épiderme d'un rose si tendre et si pâle que Katerine ne peut s'empêcher d'allonger un peu plus le cou, comme si elle était pressée de voir où va se poser le crayon.

De près, l'étroite bande de peau est plus fascinante encore.

A-t-elle réussi à dessiner cette raie pure et parfaite sans se faire aider ? Ce serait un prodige. Soit elle a la chance d'avoir dans sa vie quelqu'un aux petits soins, soit elle sort de chez le coiffeur.

Cette nuance de blond n'est pas si éloignée de celle d'Alice. Soudain, Katerine a envie d'être auprès de sa fille, de la coiffer. Lui revient un souvenir d'été à la campagne. On moissonnait. Les épis retombaient sur le côté avec un mouvement souple et régulier. Elle entend la faucheuse, son sifflement. Elle sent l'odeur du chaud, du sec. C'est un nuage de poussière âcre qui pénètre ses narines et ses yeux, s'infiltre par l'encolure et les petites manches bouffantes de son corsage, la gratte et la pique.

Grégoire a quitté tôt l'appartement. Katerine dormait.

Au cœur de l'été, tous fuient Paris. Ils laissent leurs affaires en plan et se réfugient à la campagne, sur des îles, dans des contrées du bout du monde. Aujourd'hui, les Américains inaugurent une nouvelle destination : la Lune. On parle d'envoyer des bonshommes sur Mars.

L'évasion, Grégoire la préfère dans ce Paris déserté. Un plaisant aperçu du jour où, ayant mis à distance ses concurrents, il s'élèvera assez haut pour respirer seul l'air des sommets, qu'on dit plus rare, mais plus pur. Il repense aux hyperboles et métaphores simplettes des commentateurs, hier, lors de la dernière étape pyrénéenne du Tour de France.

Ses propres exploits, Dieu merci, font moins souvent la première page des journaux que les prouesses d'Eddy Merckx. Les articles malencontreux du *Figaro*, du *Monde* et de *France-Soir* sont un avertissement. Quel besoin de mêler son nom à celui de la Commission des opérations de Bourse ? Est-ce sa faute si les places boursières de province sont vouées à disparaître ? Un peu, il est vrai. Jamais ça n'aurait dû filtrer.

À sept heures quarante-cinq, réunion. Ce sera du rapide. Les absents : Massonneau, Crespi, Lapassade, Vandenberghe. Les présents : Chevalier et Kasperczak. Il leur accordera quinze minutes.

En comité restreint, les réunions se tiennent dans son bureau. On y est mieux installé que dans la grande salle. La secrétaire arrive à huit heures, en ce moment c'est sa remplaçante. L'efficace et indiscrète Bénédicte est en congé. Il leur préparera lui-même le café et mettra un disque. Du jazz. Duke Ellington. Ça le détend. Eux, de bon matin, ça leur casse les oreilles.

Allons-y pour la face B du concert de Newport, sa favorite. Le finale est tonitruant. Kasperczak entre dans le vif du sujet :

« Au premier semestre nous sommes en hausse partout, à l'exception de l'Italie.

– Quels résultats là-bas ?

– Stables.

– C'est embêtant. Votre analyse, Chevalier ?

– Toujours la même. Défaillance à Milan.

– Je croyais que c'était réglé.

– En effet, le successeur vient d'entrer en fonction. Il a exigé de choisir ses principaux collaborateurs.

– Bon signe. Quoi d'autre ? »

Chevalier croise les mains et se tait. Grégoire surprend le regard hostile de Kasperczak en direction de l'électrophone. N'ont-ils rien à ajouter sur la réorganisation du bureau milanais, lui cachent-ils quelque chose ? Il observe les deux hommes en silence. Un morceau se termine, applaudissements. Un autre commence, *Diminuendo and Crescendo in Blue*. Son impression était fondée, ils sont mal à l'aise.

« Côté cœur comment marchent les affaires, Chevalier ?

– Le divorce va être prononcé.

– Condoléances. Quelqu'un en vue ? »

Le conseiller ne répond pas, ne parvient pas à dissimuler la gêne que lui cause cet interrogatoire.

« C'est un grand tort. Partez vendredi à Milan. Voyagez avec une dame, restez-y pour le week-end, ne vous privez pas. Je veux qu'ils comprennent que nous ne plaisantons plus.

– Je vous remercie.

– J'attends votre rapport lundi.

– Entendu. »

Tout le monde dans la maison étant informé des problèmes conjugaux de Lionel Chevalier, il est compréhensible que Grégoire le soit également. Mais les deux hommes ignorent que leur patron est au courant de l'incident qui a entraîné ce malheur : l'infidélité de Chantal Chevalier, en compagnie de Jean-Louis Kasperczak.

Le ténor attaque son solo.

Il a toujours été peiné que cette musique laisse Katerine de marbre. Le cyclisme ne trouve pas davantage grâce à ses yeux.

« Que dites-vous du récital de Merckx ? »

Les conseillers ne réagissent pas.

« Il a démarré en haut du Tourmalet. Cinq minutes d'avance au col du Soulor, sept au sommet de l'Aubisque, cent quarante kilomètres d'échappée en solitaire, c'est historique. Revenons à nos moutons, Kasperczak. Quelle nouvelle défaillance m'annoncerez-vous, lorsque notre ami Chevalier aura remis de l'ordre chez les Italiens ?

– La situation semble fragile à Bruxelles et Amsterdam.

– Rien que ça. Qu'attendiez-vous pour m'en parler ?

– Je vous en parle. »

Sourire en coin de Chevalier.

« Pourquoi Merckx, dans le Tourmalet, attaque-t-il à deux cents mètres du sommet ? Les commentateurs ne répondent pas à cette question. Je crois qu'il a voulu priver l'un de ses coéquipiers d'une victoire dans ce col. C'était une punition. Ellington, sur ce morceau, laisse à son sax ténor la bride sur le cou, il le laisse prendre vingt-sept chorus à la suite, vingt-sept ! Ça n'en finit pas. C'est une récompense. Voyez-vous, Kasperczak, à l'avenir j'apprécierais que vous formuliez autrement vos interventions. Dites-moi plutôt sans détour : Milan ne progresse plus, Bruxelles et Amsterdam donnent des signes de faiblesse, cela fera gagner du temps.

– Oui. »

Grégoire a pris le tic de remonter son alliance le long de l'annulaire. Katerine prétend qu'avec le régime, ses doigts mincissent. Elle demandera chez Sirop et Pauliet s'ils peuvent la resserrer. C'est le regard de Kasperczak, fixé sur sa main, qui lui a fait prendre conscience qu'il était en train de la tripoter. Le disque s'achève. Le bras du pick-up se soulève, revient se placer sur son support.

« On dirait que c'est fini. Merci messieurs. »

La remplaçante est ponctuelle. Grégoire ne la voit pas mais il entend sa réponse polie aux compliments de Kasperczak. Ce con a une voix différente quand il s'adresse aux femmes. Un appel, elle décroche.

« Bonjour monsieur Dupuy-Marcellin. »

Enfin débarrassée du briseur de couples.

« Je vous mets en ligne avec monsieur Molyneux. »

« Antoine ? Je sors de réunion. Nous parlions d'Eddy Merckx.

– Tu as vu le titre de *L'Équipe* ?

– *Merckx surpasse Merckx*. On les a connus plus inspirés.

– J'ai trois questions à te poser. »

Il est diplomate. Deux questions de façade pour masquer l'importance de la troisième, la seule qui compte. Celle-là, il la gardera pour la fin.

« Qu'est-ce qui te tracasse ? »

Ce n'est pas la première fois qu'il le relance sur le projet de réforme monétaire des Anglais. A-t-on une date d'entrée en vigueur ? L'information est-elle fiable ? C'est un tel serpent de mer, comme le tunnel sous la Manche. Grégoire lui répond avec toute la cordialité et la prudence nécessaires.

« Que veux-tu savoir d'autre ? Tu avais trois questions.

– Exact. Stéphanie a senti Katerine un peu froide dernièrement. J'ai promis de t'interroger. Tu sais comment est Stéphanie. L'opinion de ta femme lui importe beaucoup.

– Rassure-la. Katerine l'adore.

– Je lui dirai.

– Elle la trouve merveilleuse.

– D'accord, je lui dirai.

– Nous la trouvons tous merveilleuse. »

À huit heures passées de dix minutes, le bilan est déjà lourd. Des ennuis dans la moitié de l'Europe. Kasperczak qui drague la nouvelle secrétaire. Et maintenant, Antoine.

Voyons ce que la suite nous réserve. Dans une heure, appeler l'homme-dont-il-ne-faut-jamais-prononcer-le-nom. À midi, déjeuner. Vérifier que ce n'est pas chez Lasserre, Katerine y sera avec Cécile, elles apprécient qu'on respecte leur tranquillité. Après déjeuner, pourquoi n'irait-il pas visiter cette galerie, rue du Faubourg-Saint-Honoré ? Il n'a rien compris à la description qu'on lui a faite du *Coin de chasteté*, « tout petit mais très cher ».

Si Katerine ne dormait pas, c'était bien imité. Elle n'a pas bougé d'un millimètre, sa respiration est restée égale tandis qu'il changeait de position, se retournait, s'approchait d'elle dans le lit, en vain, comme tous les matins. Quand il est ressorti de la salle de bains, elle était toujours couchée sur le flanc, impassible, les cheveux étalés sur l'oreiller, une épaule à demi sortie du drap. Il l'a contemplée en s'habillant. Douce torture.

Dix ans depuis leur mariage, onze depuis leur rencontre, et il la désire nuit et jour. S'il ne se refrénait pas un peu, elle le traiterait de brute. Ç'a été la bonne solution d'avancer l'horaire du comité des cadres, il espère que les épouses lui en sont reconnaissantes.

La secrétaire apporte le courrier. Trois liasses, triées conformément aux instructions. Les plis personnels ne sont pas décachetés. La correspondance professionnelle, adressée à son nom, a été dépouillée de ses enveloppes. Celle adressée aux collaborateurs forme le tas le plus épais, Grégoire l'examine en priorité, vite fait, parfois il lève un lièvre : tutoiement, allusion à un échange qui a eu lieu dans son dos.

Il avait cru, avec la réforme du courrier en janvier, que la distribution à Paris deviendrait plus rationnelle. Il n'en est rien.

Des lettres urgentissimes postées hier arriveront par la dernière tournée, si elles arrivent. Mais les choses sans importance, elles, semblent avoir voyagé en express. Quatre milliards et demi d'unités à distribuer il y a vingt ans, le double aujourd'hui. Les Français ont-ils tant de lumières et de mots doux à partager, toutes affaires cessantes ? Le blabla engorge le système, la société court à sa perte.

Crespi envoie une carte postale de Pompéi.

Au recto : les ruines. Au verso : « *Un juillettiste heureux. Bons baisers aux aoûtiens – Crespi.* »

D'où sortent ces inventions ? Juillettiste ? Aoûtien ? La remplaçante est-elle zélée, ou sainte-nitouche, au point de vouloir le faire profiter des élucubrations de Crespi ? Même Bénédicte n'irait pas jusque-là. Elle aurait soustrait la carte déshonorante du courrier, pour tout de suite la punaiser sur le panneau de liège dans la salle de repos.

« Mademoiselle, venez un instant je vous prie ! »

Son travail n'appelle pas de reproches, il ne lui en fera donc aucun. Mais il veut en avoir le cœur net. Il ne l'avait pas observée avec assez d'attention : là, debout face à lui, elle paraît plus intéressante que prévu. Son visage est dissymétrique, sa coiffure aussi, c'est déconcertant.

« Fermez la porte. Asseyez-vous.

– Ai-je fait quelque chose de mal ? Je suis désolée.

– Au contraire. Vous m'avez diverti avec la prose de Crespi. La place de ce document étant plutôt sur le panneau du personnel, je vous le restitue. Jean-Louis Kasperczak ne vous importune pas ?

– Il est sympathique.

– Alors tout va bien.

– Il me dit des amabilités, rien de plus.

– Tant mieux si vous l'appréciez. Vous n'auriez pas de raison de subir ses avances, si vous n'en voulez pas. Inutile que j'en sache davantage.

– Merci de vous en être soucié, monsieur Molyneux.

– Cela fait partie de mon rôle.

– Puis-je vous poser une question ?

– Allez-y.

– C'est délicat. Votre secrétaire, en m'expliquant le poste, m'a mise en garde contre vos colères. Mon travail est imparfait, j'en suis consciente. Pourquoi m'épargnez-vous ?

– Détrompez-vous, je suis très satisfait. Bénédicte Le Guyon, quant à elle, est une collaboratrice au-dessus de tout éloge, mais horripilante. Ce que vous me rapportez en est l'illustration. »

Même Bénédicte n'oserait pas ce regard effronté.

« Ne me dites pas que vous espériez recevoir un savon ? »

Elle se tait. Elle le provoque.

« Nous jouissons avec Bénédicte d'une certaine intimité, forgée au fil des ans. Cela lui donne le droit d'être insolente. Et à moi, si le cœur m'en dit, de me mettre en colère. Ce sont les privilèges de l'ancienneté. Je ne crois pas que vous en soyez tout à fait là. »

Les deux plis attendus en urgence sont bel et bien absents du courrier. Il lui reste une demi-heure pour obtenir les éléments dont il a besoin.

« Mademoiselle, rappelez Dupuy-Marcellin. »

Quand la patrie est en danger, le détour par l'Angleterre s'impose. De toute manière, l'annonce du report n'aurait pas tardé à arriver aux oreilles d'Antoine, autant qu'il l'apprenne maintenant et de sa bouche.

« J'ai reçu des nouvelles de Londres.

– Enfin !

– Ne t'emballe pas : il y a du bon et du moins bon. Selon ma source, leur décision de passer au système décimal est irrévocable, mais la mise en œuvre sera différée de douze à dix-huit mois.

– Nous disposerons de combien de temps ?

– Rien n'a changé. Deux jours, peut-être trois.

– Tu me préviendras ?

– Je te le répète, rien n'a changé. Autre chose : je me débats avec le dossier Panthère. Tu aurais quelques minutes, pour m'éclairer ? »

Depuis peu, des experts réfléchissent aux conséquences d'une probable augmentation du prix du pétrole. L'économie française, plus que d'autres, est dépendante de cette matière première. Les États-Unis se dirigent vers un pic d'activité productive, ils devront importer davantage. Au Moyen-Orient, les équilibres géopolitiques n'ont jamais été aussi fragiles. On peut craindre de la part des pays exportateurs, si la situation dégénère, un chantage sur le prix du baril.

Antoine et Grégoire suivent ces discussions de près. Tout spécialement celles, informelles et discrètes, d'un sous-groupe de brillants esprits moins préoccupés par les effets d'une flambée des cours que par le moyen d'en tirer profit, le jour venu.

C'est le projet Panthère.

Les deux amis, qui dans cette affaire ne conversent pas avec les mêmes personnes, répugnent à partager leurs informations. Demain, elles vaudront une fortune.

En raccrochant, Grégoire se sent floué. Antoine, beaucoup plus avancé qu'il n'aurait cru, n'a pas révélé le quart de ce qu'il sait. Et maintenant il a une dette envers lui.

Il repose le bras du pick-up au début du disque, augmente le volume. Cinq minutes d'Ellington pour se reconcentrer.

Il place ses doigts sur le bord du bureau. Cette musique éveille de douces pensées. Le swing du pianiste et l'orchestration enjôleuse font affluer des souvenirs de l'époque, pas si lointaine, où il courtisait Katerine. En vérité, jamais il n'a cessé de lui faire la cour. Il admire qu'elle parvienne à lui imposer sa loi, dans le seul domaine qui compte vraiment, sans dévier ni fléchir, sans même devoir en parler, depuis le premier jour. Il a découvert avec le temps combien il est difficile de l'impressionner, mais facile de la décevoir. Alors il s'accroche. Il espère que ses efforts ne sont pas visibles ou, s'ils le sont, qu'elle lui en sait gré.

Les doigts frappent le clavier imaginaire.

Pourquoi est-ce toujours cette image qui revient, quand il désire Katerine ? Au début de leur voyage de noces, sur la route de l'Italie, ils avaient fait étape à Nice, au Negresco. Il avait réservé la plus belle suite, la Suite des Anges, sous la célèbre coupole de l'hôtel. Leur soirée et leur nuit n'avaient été qu'un long enchantement.

Au matin, lorsqu'il avait ouvert les yeux, Katerine était assise face à lui au bout du lit. Elle avait passé la chemise fripée et malodorante qu'il portait la veille, en conduisant sur la nationale 7 surchauffée.

« Que fais-tu ?

– J'essaie de savoir ce que ça ferait d'être toi.

– Eh bien, tu aimerais ?

– J'aurais choisi une autre femme pour commencer.

– Pourquoi dis-tu cela ? »

Une expression de tristesse avait subitement assombri son visage, mais si brève que Grégoire put à peine la percevoir. C'était plutôt comme une intuition, un présage. Parfois il se dit que sa jeune épouse, un court instant, avait douté d'être digne de lui. Le plus souvent, il pense l'inverse, qu'elle venait de se rendre compte que ce mari n'était pas digne d'elle, ne le serait jamais.

Katerine contrôle ses émotions mieux que personne. Depuis le Negresco, le voile de tristesse n'a plus reparu.

« Content de vous entendre, Molyneux.

– Par où voulez-vous que je commence ?

– Un instant, restez en ligne. »

Grégoire pressent que leur conversation sera hachée. Son propre père recourait à cette tactique pour déstabiliser l'interlocuteur, il est habitué. La voix, un peu chuintante, s'est détournée du combiné : *Oui, posez ça ici.*

« Je vous écoute. Allô ? Molyneux, vous êtes toujours là ?

– L'OPEP va réduire durablement sa production. Le prix du baril de brut sera multiplié par quatre, par cinq. Il n'y aura pas de retour en arrière.

– C'est intéressant, mais vous ne m'apprenez rien.

– Une partie de l'opinion pousse déjà pour un changement de société. S'il s'agit d'un mouvement de fond, comme je le crois, il faudra des actes. Les discours ne suffiront pas.

– Venez-en au fait.

– L'élection a eu lieu il y a un mois…

– Venez-en au fait. Je n'ai pas beaucoup de temps.

– Les nominations en cours ne sont pas à la hauteur.

– Nous y voilà.

– Ce n'est pas la politique menée que je conteste.

– J'avais compris.

– Dans cette équipe, qui paraît capable de faire croire à un début de changement ?

– Une minute, Molyneux. Je vous reprends. »

Ces types ont l'art de vous persuader qu'ils n'écoutent que d'une oreille, plus occupés à parcourir le dossier qu'on vient de déposer sur leur bureau. Vieille école. Son paternel, au moins, a eu la sagesse de se retirer avant de confondre les prénoms de ses maîtresses.

« Vous disiez ?

– Je faisais part d'un sentiment de déception.

– Vous êtes jeune. Vous êtes impatient. La volonté de renouvellement est pourtant perceptible, j'en vois de nombreux signes.

– Dans ce cas, je suis rassuré.

– Livrez-moi le fond de votre pensée.

– Nous savons tous les deux que la solution est entre les mains de la Compagnie. Son périmètre doit être élargi. Les dégâts seront spectaculaires. Comment garantir que son action ne sera pas entravée ? *Changement* : le mot figurait dans le slogan de campagne. *Volonté de renouvellement*, ça me semble un peu faible. Pourquoi avoir revu si vite les choses à la baisse ? Le jour où la Compagnie sera dans le collimateur, par quel moyen ferez-vous diversion ?

– La Compagnie vous intéresse à ce point ?

– J'allais y venir.

– Exprimez-vous. »

Il parle trop. L'homme à la voix chuintante est plus économe, environ moitié moins de mots. C'est donc lui qui domine l'échange. Grégoire tient cette règle de son père : il ne l'applique pas toujours correctement.

Katerine le considère comme un enfant gâté. Grégoire déteste l'entendre utiliser cette expression. Certes, l'approbation paternelle ne lui a jamais fait défaut. L'amour de sa mère, n'en parlons pas. Il a remarqué, lorsqu'on vante devant lui tel ou tel personnage, en louant son épaisseur, son étoffe, que cela le rend jaloux. Immanquablement, il pense à son père, qui n'y allait pas avec le dos de la cuillère, question flatterie.

Aujourd'hui, cet homme intimidant passe le plus clair de son temps à jardiner. Il se désintéresse de l'actualité, coupe court aux discussions sur les affaires qui l'accaparaient encore il y a peu. Il n'a conservé aucune archive, du moins pas dans cette maison à la campagne, qu'il ne quitte plus.

Grégoire ne leur rend pas assez souvent visite. Il appelle sa mère un ou deux dimanches par mois. Depuis Noël, quand elle vient à Paris, c'est seule. Le moment est mal choisi pour s'inquiéter de son père et du jugement qu'il porterait sur ses talents de négociateur.

« J'observe un empressement autour de la Compagnie. Le pétrole devient un problème, donc les gens se découvrent une passion pour le pétrole. Vous savez que j'ai connu votre père ?

– Nous n'en avons pas parlé.

– Comment va-t-il ?

– La vie à la campagne. Lecture et jardinage.

– Heureux homme.

– Ne vous méprenez pas. Je ne réclame rien pour moi.

– On dit toujours ça.

– Je ne voudrais pas être l'oiseau de mauvais augure, mais si l'électorat perçoit de l'immobilisme au lieu du changement promis, la prochaine fois il se détournera. D'un quart de tour. Ou pire.

– Comment se porte madame votre mère ?

– Elle est un exemple de ces personnes qui, malgré leur conservatisme, commencent à regarder dans la mauvaise direction.

– Que suggérez-vous ?

– J'ai rédigé une note. Elle tranchera avec la prose qui s'accumule sur vos étagères. »

Il n'a rien rédigé du tout, son père réprouverait pareil bluff. Il ira le voir en août, pendant que Katerine et Alice seront à Pornic. Il décide de ne plus rien dire d'important et de laisser le vieux crocodile se débrouiller pour remplir les vides.

Avant il aimait son père d'un amour inconditionnel, il s'efforçait de lui plaire, l'admirait, rêvait de lui ressembler. En grandissant, pourquoi n'a-t-il pas su voir que ses flatteries, réservées aux subordonnés, étaient sans valeur ? Lorsqu'il l'a compris, les relations s'étaient déjà distendues. Il s'en est voulu de mépriser son père pour cette petite faiblesse de caractère, mais a continué de souffrir quand un compliment ne lui était pas destiné.

Aux yeux de Katerine, un enfant gâté ce doit être ça. Vouloir tout, même la pacotille sentimentale, en ne laissant de miettes à personne.

Le crocodile insiste pour recevoir son mémo dans les plus brefs délais. Il parle puisque Grégoire se tait. Le jeu est amusant, avec un adversaire de ce calibre. Un silence trop long serait interprété comme une bouderie. Il est temps de se montrer respectueux.

« Je vous le fais parvenir à midi, par coursier. »

Il s'est retenu d'ajouter une remarque désobligeante sur les services postaux. Pressé de rappeler la secrétaire pour dicter son texte, il remercie et salue.

Piégé par l'absence de montre à son poignet, Grégoire vérifie l'heure sur la pendule murale. Par réflexe sa main remonte jusqu'à l'annulaire. Se défaire de ce tic. Ils sont restés dix-sept minutes au téléphone.

« Mademoiselle, s'il vous plaît ! »

Elle lui relit la version dactylographiée. Elle articule avec clarté, respecte scrupuleusement la ponctuation. Elle semble comprendre ce qu'elle lit.

« Je ne savais pas que le pays allait manquer de pétrole.

– Il n'en manquera pas.

– C'est tout comme. Autre chose manquera. Le travail, l'argent. Votre note l'explique fort bien. »

Se pourrait-il qu'il ait trouvé la perle capable de succéder à Bénédicte, quand celle-ci partira à la retraite ? En attendant, que faire de cette jeune femme ? La tester au poste d'assistante de Lionel Chevalier ? Il pèse le pour, le contre. Il demande :

« Avez-vous des projets pour ce week-end ?

– Aucun.

– Connaissez-vous Milan ?

– Non.

– Seriez-vous prête à supporter la compagnie de monsieur Chevalier, pendant soixante-douze heures ?

– Quel sera mon rôle ?

– Le seconder. Il vous expliquera de quoi il s'agit.

– Est-ce son idée ou la vôtre ?

– Chevalier n'est pas encore au courant. »

La jeune femme paraît hésiter sur la réplique suivante. Son regard fuit celui de Grégoire, s'égare vers la fenêtre. Elle se lance :

« Parfois on a l'impression que vous n'accordez votre confiance à personne. À d'autres moments, que vous faites confiance à tout le monde.

– Cela vous étonne ? »

Elle ébauche un sourire, plein de feinte humilité.

« Je vois qu'il me reste beaucoup à apprendre.

– Mon rendez-vous me retiendra jusqu'à quinze heures. Ensuite j'ai une course de prévue. Je repasserai en fin d'après-midi. Si vous n'avez plus de questions, envoyez-moi Chevalier. »

« Avez-vous trouvé quelqu'un pour Milan ?

– Dans un laps de temps si court, c'est délicat…

– Ne cherchez plus. Mademoiselle Méry vous accompagnera. »

La porte du bureau est ouverte, la secrétaire va tout entendre. Chevalier ne commente pas, mais son expression ahurie fait plaisir à voir. Il doit penser que cette idée tordue a pour but de faire enrager Kasperczak.

« Vous lui résumerez le dossier. Elle prendra en note vos échanges avec les Italiens, sans intervenir. Sur place, ne craignez pas de forcer votre nature. Roulez un peu des mécaniques.

– Le message de ce matin était clair : on les bouscule.

– Lundi, mademoiselle Méry me remettra le *verbatim* des discussions. Dans votre rapport, je veux que vous vous concentriez sur le reste. Ce qui est caché. J'ai quelques raisons de croire que ces charmants individus nous taillent des croupières.

– L'équipe vient de changer.

– Il arrive que les mauvaises pratiques survivent aux changements de personnel.

– Ce serait très grave !

– Pourquoi croyez-vous que je vous envoie là-bas ? »

Son père aurait sans doute jugé bon d'en rajouter, en parlant de « bataille d'Italie », en jouant sur la prédestination du patronyme : *il Cavaliere !* Et cela, parce que le brave Chevalier, si méritant qu'il soit, est justement dépourvu de cette fameuse étoffe. S'il ne veut pas ressasser toute la journée leurs vieilles incompréhensions, autant l'appeler maintenant. Ça leur fera du bien, à tous les deux. Dopé par la confiance que lui témoigne son patron, le collaborateur qui semblait ce matin aux abois a retrouvé une contenance.

« Je prends immédiatement toutes les dispositions.

– Fermez en sortant. »

« Ton père est dans le jardin.

– Tant pis si je le dérange. Dis que j'ai insisté. »

Bruit de ses pas, de la chaise qu'il déplace, des objets dont il rectifie la position sur le bureau. L'interminable cérémonial avant qu'il daigne prendre le combiné. Sa manie aussi de démarrer sans préambule.

« Nos pivoines sont splendides cette année.

– Je viendrai les admirer.

– Dépêche-toi, fiston. Elles sont sur la fin.

– Quelqu'un m'a parlé de toi aujourd'hui. »

Le père coupe sèchement le fils, sitôt mentionné le crocodile. Il le met en garde, sachant que c'est inutile. Ce fils n'écoute pas les conseils.

« Parmi tous ceux dont il est impossible de ne pas s'approcher, mais qu'il est dangereux de connaître, ce type est le pire.

– Donc tu l'as fréquenté ?

– Très peu. J'aurais préféré qu'il m'oublie.

– Dangereux comment ?

– As-tu observé ses mains ?

– Nous avons parlé au téléphone.

– Combien de fois ?

– Qu'ont-elles de spécial, ses mains ?

– Aucun homme à Paris ne possède de plus jolies mains. De leur vie, elles n'ont jamais rien touché de sale, rien fait de malpropre. Comprends-tu ce que j'essaie de te dire ?

– D'autres se chargent d'exécuter ses basses œuvres.

– Tu y as déjà réfléchi.

– Je ne suis pas idiot, papa.

– Mais ne crois pas être plus malin que lui.

– A-t-il aussi connu maman ?

– Pourquoi cette question ?

– Il m'a demandé de ses nouvelles.

– C'était lors d'un dîner à l'hôtel de Lassay. Ils ont été présentés. Je ne pense pas qu'il y ait eu d'autres circonstances. Tu interrogeras ta mère. Elle a une bonne mémoire. Quel est le sujet de vos entretiens ?

– À ton avis ?

– La Commission des opérations de Bourse ?

– Elf.

– Je te déconseille de t'en mêler.

– Fais plutôt en sorte que tes pivoines survivent jusqu'au 2 août.

– Ça ne dépend pas de moi, fiston. »

L'inspecteur Jacquemont en a ras le bol de faire le pied de grue sur ces foutus Champs. Quinze jours que ça dure. Les ordres sont venus de très haut, paraît-il. Saison touristique. Recrudescence des vols à la tire. Tous les ans, même refrain… *Il faut frapper fort… éradiquer ce fléau…* Le président a changé. Le ministre et le préfet de police ont été reconduits. Il y a du zèle à tous les étages. *Cette année, mettez les bouchées doubles !* Des bataillons d'inspecteurs ont été déployés dans les lieux clés de la capitale : Notre-Dame, le Louvre, Montmartre, Orly, les gares… Lui, on l'a collé sur les Champs. « La plus belle avenue du monde », tu parles.

L'avertissement est placardé dans le métro, les bus. Au commissariat du 8e, un collègue facétieux a escamoté une partie des lettres sur l'affichette :

ATTENTI N
AUX PICKP CKETS

Blague à part : cinq cent cinquante plaintes depuis début juillet, pour ce seul commissariat d'arrondissement. Quelques guignols ont été coffrés. Des types déjà connus, faciles à repérer, le menu fretin. Les vrais professionnels continuent à sévir. Ceux-là sont insaisissables. Ce soir, c'est couru, il y aura trente ou quarante plaintes supplémentaires. Jacquemont est dans le rouge : s'il ne se remue pas, cette fois il en prendra pour son grade.

Il guette les gens qui passent à intervalle fixe, avec l'air de traîner sans raison. Sur les Champs, ça fait un paquet de suspects.

Lui-même correspond à ce profil.

Rien ne vaut la vigilance flottante, il le sait.

L'erreur est de se prendre un anonyme dans le viseur, qui offre à peu près les caractéristiques recherchées, et de s'obnubiler sur cette cible jusqu'au point où tous ses gestes, arrêts, déplacements, hésitations deviennent louches. Impossible de quitter le type des yeux. On a peur, si on détourne le regard, de rater le détail qui mettrait pour de bon sur une piste. On perd beaucoup de temps avec ces gens-là.

Par exemple, le gars en blouson qui vient d'entrer chez Lido Musique. Jacquemont le voit presque chaque jour. Il va droit à la lettre F, consulte les disques de cette Anglaise, comme s'il les recomptait ou voulait juste vérifier qu'ils sont là, et repart sans rien acheter.

Au début, Jacquemont l'a pris pour un dragueur. Il avait la gueule de l'emploi, une façon voyeuse, experte, de mater les filles croisées sur l'avenue, mais pas une fois l'inspecteur ne l'a vu engager la conversation, ou même essayer. Les pochettes des microsillons l'ont renseigné sur ses goûts : une petite blonde, qu'on a envie de protéger. Il en passe pourtant des millions sur les Champs-Élysées, à longueur d'année, avec la même frange, le même visage ingénu. Peut-être est-il timide ? Jacquemont n'y comprend rien.

Par ennui ou mimétisme, lui aussi tripote les disques de cette artiste au patronyme imprononçable.

Tiens, il suggérera à sa femme de lui en offrir un, pour son anniversaire. Elle cherche une idée de cadeau. Il recopie les titres des 33 tours et le nom de la chanteuse sur une feuille de calepin. Le vendeur le regarde de travers.

Jacquemont a perdu son mélomane de vue. Il l'a filé plusieurs fois, sans rien noter de suspect. Bizarre, tout de même : ce gars ne pénètre dans aucune autre boutique, sa visite quotidienne chez Lido Musique paraît être l'unique but de sa promenade. Jamais il ne s'arrête devant une vitrine, ni à la terrasse d'un bar. De deux choses l'une, réfléchit Jacquemont : soit c'est un amoureux romantique, du style à rechercher pendant des jours et des jours une fille à peine aperçue puis perdue dans la foule. Soit c'est un voyou, et il est très fort.

L'inspecteur prend une décision. Lorsqu'il le repérera à nouveau, il fera avec lui une ultime tentative. La der des ders.

Midi, midi trente, midi quarante-cinq. Il a la fringale. Côté impair, en redescendant vers le commissariat, ils ont un bon menu du jour, pas trop cher pour le quartier. Il continuera à surveiller l'avenue en déjeunant.

Fringale, vocabulaire de cycliste. À ce qu'on raconte, les organisateurs du Tour voudraient que la course, à l'avenir, se termine sur les Champs. Ils ne sont pas sérieux ? 14 Juillet, parade militaire… Familles massées contre les barrières dès potron-minet… Ça démarre avec la Patrouille de France… Pourquoi pas des panaches de fumée bleue… blanche… rouge… Féerie dans les airs… Le peuple de Paris, les yeux rivés au ciel… La fête nationale des pickpockets !

Et comme si c'était pas assez, ils projettent de remettre ça une semaine plus tard, avec les pédaleurs ?

Jacquemont commence à cuire derrière la vitre du bistrot. Il desserre sa cravate, déboutonne son col de chemise, se donne un peu d'aisance en relâchant sa ceinture d'un cran, au moment où le bock de Stella et l'assiette de crudités atterrissent sur la table. Il appréhende d'aller au rapport. Il n'a jamais été une flèche dans le boulot, mais a toujours réussi à passer à travers les gouttes. Il a l'impression que cette période est révolue. La hiérarchie tient des statistiques, elle exige des résultats. Une rumeur prétend même que, place Beauvau, on travaillerait à un système de mesure des *taux d'élucidation*. Par catégories de crimes et de délits. Par ville, par quartier, par rue. Avec un système pareil, plus aucune possibilité de se planquer. Ce sera la mort du flic à l'ancienne, songe Jacquemont, en avalant une gorgée du liquide glacé. D'ailleurs, avec le temps, on dit de moins en moins « flic ». On dit : fonctionnaire de police.

Ce n'est pas qu'il veuille laisser courir les voleurs, mais il y a une constante dans ce métier. Plus le flic perfectionne ses méthodes, plus le voyou améliore les siennes. Dans cette course au progrès, pas de retour en arrière. Lui ne se sent pas pressé de devenir un fonctionnaire de police moderne, ni de voir à quoi ressembleront les voyous modernes… Si on lui demandait son avis, il se déclarerait partisan de l'immobilisme ! Un peu de laxisme ne nuit pas. Mais à quoi bon. Argumenter le fatigue d'avance. Qui serait prêt à écouter ce genre d'idée ? Il commande une autre Stella. Quelle chaleur.

Il faudrait qu'il s'arrache. Si on le surprend à picoler ainsi, en devanture du bistrot, ce sera encore un mauvais point. Il pense confusément à sa femme, qui porte leur troisième enfant. Elle parle de déménager. Elle n'a pas tort. Ils vont être à l'étroit. Des frais en perspective.

L'inspecteur agite un billet, à l'intention du serveur. S'il paie maintenant, ça lui évitera d'en réclamer une de plus. Déjà quatorze heures trente.

Qu'il ne soit pas un bon flic est une chose. Au moins, qu'il tâche d'être un bon mari et un bon père. Ce qui signifie : ramener de l'argent à la maison. Avoir un travail, le garder. Sa femme dirait : obtenir de l'avancement. Elle ne se rend pas compte. Il lutte pour ne pas être rétrogradé. L'angoisse, lorsque la voix redoutée, certains matins, certains soirs, aboie son nom dans le couloir : « Jacquemont ! » Même la nuit. Des fois, ça le cueille dans son sommeil : « Jacquemont ! Venez me voir ! »

Dans ces cas-là, il ne se rendort pas.

À l'instant où son gars en blouson arrive, par la droite, direction l'Étoile, l'inspecteur se lève, quitte le bar, se jette sur ses talons.

Les précédentes filatures n'ont rien donné, peut-être le suivait-il de trop loin ? Il n'espère pas davantage de celle-ci, mais à deux mètres, si le type est vraiment insoupçonnable, Jacquemont sera fixé.

Il est grand, plus grand que la moyenne. Il domine la foule des passants d'une bonne tête. On peut considérer cela comme un atout, pour repérer ses proies, mais à la première gaffe, l'atout se transforme en handicap : c'est lui qui devient repérable. D'ordinaire, les voleurs à la tire ont plutôt un petit gabarit, dans certains pays ils emploient des enfants.

Jacquemont a été à deux doigts d'emboutir son marcheur, soudain à l'arrêt. Un couple pressé, venant en sens inverse, l'a bousculé. Des bourgeois, ils se détournent à peine. Ironiquement, c'est le gars en blouson qui s'excuse. Accent du Nord, dirait-on.

L'incident n'a duré qu'une seconde. Le gars repart. Jacquemont a lu que le réalisateur de *La Horde sauvage* utilise un effet de ralenti dans ses scènes de bagarre. Quand ce film sortira à Paris, ça donnera des idées aux cerveaux de la place Beauvau. Sur l'avenue, dans le métro, partout, un jour les caméras remplaceront les policiers. Si une telle caméra existait, songe-t-il : en repassant les images au ralenti, l'incident dont il a été témoin serait totalement clarifié.

Estime-t-il que cet accrochage n'était pas clair ?

Trop bref : ni son gars ni le couple mal élevé n'auraient eu le temps d'agir, c'était un heurt banal et fortuit, comme il s'en produit à chaque minute dans la cohue des Champs. Sa femme le tanne avec le déménagement, elle le tanne avec l'argent, les vacances, les enfants. Trois gosses, tout de même ! Qu'est-ce qu'elle veut en faire ? Tiens, on dirait que les Champs c'est terminé pour aujourd'hui, constate Jacquemont, en voyant que l'autre s'apprête à traverser, pour s'engager dans l'avenue de Wagram.

Là, on change d'arrondissement.

En principe, chacun reste dans sa zone. Telle est la consigne, répétée cent fois. Il devrait interrompre la filature, pourtant il continue à suivre cet anonyme en blouson… ou peut-être est-ce simplement son « instinct » qu'il suit… pour ce que ça vaut, l'instinct…

Grégoire s'agace quand la secrétaire lui annonce que la journaliste de *Match* a réservé au Drugstore Publicis. Trop de raffut, de promiscuité. Avec le risque d'y faire de mauvaises rencontres. Ça le démange, mais il serait malvenu de proposer un autre endroit. Après tout, c'est lui, en faisant jouer ses relations, qui a sollicité l'entrevue. Il espère que sa volonté de rectifier le tir, à la suite de la polémique sur les bourses de province, ne causera pas plus de mal que de bien. Attention à ne pas mettre le doigt dans un engrenage.

Comme il cherche du regard une femme seule, un bras énergique se lève au fond de la salle. Irène Châtain s'est postée sur une banquette, dans l'axe de l'entrée principale.

Il l'imaginait moins jeune, et pas avec ce style garçonne. Elle parle très vite, sans jamais cesser de sourire.

« Ce n'est pas mon idée, vous le savez. Ma direction a beaucoup insisté. Votre entourage a fait pression. Je ne vous promets rien.

– Puis-je m'expliquer ?

– Je suis là pour ça.

– Trois quotidiens m'ont prêté, la semaine dernière, une influence sur la Commission des opérations de Bourse.

– Ce n'est pas ce que j'ai lu.

– L'intention était celle-là, et c'est ainsi que ça a été compris.

– Ma rédaction compte de bons connaisseurs des sujets économiques. Si vous nous lisez, vous savez que je signe plutôt des portraits de personnalités.

– En général je les trouve réussis.

– Lorsque ça concerne les autres, c'est toujours réussi.

– Comment définissez-vous ce qu'est une personnalité ? Vos critères semblent parfois élastiques.

– Vous voulez savoir si vous entrez dans le cadre ?

– Par exemple.

– Une personnalité, qui n'en est pas une, peut le devenir à la minute où les gens commencent à lire mon article. »

Grégoire garde à l'esprit les trois grandes règles, quand on parle à des journalistes. Évite de te dévoiler. Ils chercheront à te soutirer des confidences. De toute façon, ils raconteront ce qu'ils voudront.

Le fait qu'il n'ait aucune envie de se méfier d'Irène Châtain montre combien elle doit être dangereuse.

« Si j'interviewe l'homme qui va marcher sur la Lune, c'est d'un intérêt limité pour ce héros de l'espace, mais important pour mon journal. Si, à la place, c'est votre portrait que je fais, les retombées seront minimes pour nous, mais importantes pour vous.

– Sauf si vous écrivez des bêtises.

– Surtout si j'écris des bêtises !

– Éclairez-moi. »

Elle l'oblige à penser rapidement. Il ne prête plus aucune attention à ce qui l'entoure. Il l'a laissée répondre au garçon, a commandé la même chose qu'elle sans regarder la carte, accepté de prendre du vin. Une entorse à son régime sec. Il devine qu'elle a dû se bagarrer pour arriver là, en dépit de son intelligence, ou peut-être à cause d'elle.

« Chaque semaine je rencontre des gens remarquables, persuadés que le monde entier partage leur passion pour la défense de la démocratie, pour le fait de couper une pièce de satin directement sur le corps de Veruschka, que sais-je, les courses en solitaire à la voile.

– Ce n'est pas le cas ?

– Absolument pas. Ce que le lecteur désire partager, ce sont les à-côtés ordinaires de ces vies extraordinaires.

– Vous me surprenez.

– Le plus intéressant chez le personnage public, ce n'est pas sa journée de travail, mais ce qu'il fait en rentrant chez lui, son sacerdoce accompli.

– Ce n'est pas mon point de vue. Est-ce vraiment le vôtre ?

– Je ne publie qu'une partie des informations que je recueille.

– Et le reste ?

– Je le garde pour moi.

– Mais tout ce que vous publiez est authentique ?

– Je peux colporter de bonne foi une contre-vérité. Lana Turner est-elle honnête quand elle affirme être amoureuse de Ronald Dante ? Elle l'a épousé en mai. C'est son huitième mari. Il se produit dans des night-clubs, comme hypnotiseur. »

Grégoire prend une décision : quoi qu'il arrive, il ne se prêtera pas à une interview aujourd'hui. D'ailleurs, Irène ne le proposera pas. Elle est venue le flairer. Il l'intéresse, mais pour un usage ultérieur. C'est réciproque.

« Pourquoi avoir choisi cet endroit ?

– Il n'y a pas meilleur terrain d'observation, sur les Champs-Élysées. Parmi les jeunes gens de bonne famille qui aiment traîner ici, en se donnant des airs ténébreux, certains auront demain le pouvoir.

– Dans quel domaine ?

– Tous les domaines.

– Comment le savez-vous ?

– Parce que notre société marche ainsi.

– Je peux être franc ? Ce lieu me déplaît, je n'y mets jamais les pieds. J'ai failli vous suggérer quelque chose de plus calme.

– Comme chez Lasserre ? Vous y avez vos habitudes.

– Nous ne nous connaissons pas, je n'allais pas vous contredire. Et puis j'évite Lasserre lorsque mon épouse y déjeune.

– Parlez-moi de Katerine Molyneux. »

Il lui est désagréable qu'elle sache le prénom de Katerine, mais il n'en laisse rien paraître.

« Avec un K et sans H après le T. On prononce *Kaytrinn.*

– On dit qu'elle a pour vous de grandes ambitions. On dit aussi qu'elle fuit les mondanités. »

Grégoire s'offre ce plaisir aussi souvent qu'il peut, mais jamais encore il ne l'a fait en présence d'une femme. Jeune, attirante et journaliste de surcroît. Nombreux sont les hommes de son âge ou plus vieux qu'il a entrepris après des réunions, des dîners, dans des bars d'hôtel, à propos de Katerine. Parler de Katerine à quelqu'un qui ne la connaît pas, c'est comme un jeu érotique. Elle froncerait les sourcils, si elle découvrait qu'il étale ses sentiments devant des inconnus. Pas un instant il ne l'imagine, elle, tellement distante et réservée, se livrer à pareilles gamineries.

Il commence par le début. Le premier défi a été d'éveiller son intérêt. D'abord il a cru qu'elle était timide et a trouvé cela charmant. Confronté à sa totale absence de réaction, il l'a jugée froide. Glaciale serait plus exact. L'attitude polaire qu'elle lui opposait, chaque fois qu'il tentait une manœuvre pour la séduire, avait achevé de le rendre amoureux.

Plus tard, Katerine a prétendu qu'entre eux le coup de foudre avait été immédiat, mais qu'elle trouvait plus correct d'obliger ce jeune impatient à lui faire la cour, le temps qu'elle estimerait nécessaire.

Les approches ont été longues, laborieuses. Malgré ses efforts, il ne gagnait pas un pouce de terrain, tout en redoutant de commettre la maladresse qui ruinerait ses chances et le ridiculiserait. Katerine ne le dissuadait ni ne l'encourageait. Indifférence polie ? Cette formulation aurait encore quelque chose de trop chaleureux.

Au bout d'un an, il lui a semblé qu'elle accueillait ses initiatives avec davantage de légèreté. Que fallait-il en penser ? Il a voulu y voir un signe de réchauffement, s'est accroché à cet espoir. Il a eu raison.

Ça n'était qu'une étape. Le plus dur commençait.

Katerine ne pouvait plus ignorer qu'elle lui plaisait. En 1959, il y a une éternité, ces affaires se jouaient à quitte ou double, sur une phrase. *Voudrais-tu m'épouser ?* Avec elle, il pouvait s'attendre à tout. Haussement d'épaules. Sourire de Joconde.

Hésitation ou surprise feintes. Refus. Le moins probable était qu'elle acquiesce.

Le second problème c'était ses autres soupirants, qu'elle faisait lanterner de la même façon.

La journaliste l'écoute avec un étonnement croissant. Il serait insensé de continuer, pourtant il en a envie. L'épisode qui suit est plus difficile à raconter. S'il l'édulcore trop, son récit décevra. S'il n'édulcore pas assez, Irène lui en voudra. Il perdra le bénéfice de cette rencontre et une alliée précieuse pour l'avenir.

« Je vous ennuie, n'est-ce pas ?

– Au contraire. Je ne m'attendais pas à une réponse si intime.

– Cela vous choque ?

– Pas du tout. Je me demande juste si je dois l'interpréter comme une preuve de naïveté ou d'habileté. Je penche pour la dernière hypothèse. »

La remarque d'Irène l'incite à la prudence.

« Eh bien, si nous nous revoyons et que vous m'interrogez à nouveau sur Katerine, je vous dirai dans quelles circonstances cette femme extraordinaire a accepté de devenir mon épouse. »

Une moue de dépit assombrit le visage de la journaliste.

« Ça m'apprendra.

– Katerine ne manque jamais, après une réception, de me citer toutes les goujateries dont elle a été témoin. Des scènes très drôles. Un peu moins drôles quand elle m'apprend en avoir été elle-même la cible. Et plus du tout lorsque je découvre être l'auteur de la phrase ou du comportement rapportés.

– C'est elle que je devrais interviewer ! »

Elle se recule sur la banquette, allume une cigarette américaine. Tout le monde fume aux tables voisines. Grégoire reprend conscience du brouhaha qui l'environne. Ce n'est pas que cette ambiance et ce tapage l'agressent, mais il se sent étranger à ce lieu, comme soudain Irène lui paraît étrangère avec sa jeunesse androgyne et ses manières désinvoltes.

« Vous ne fumez pas ?

– Jamais dans les lieux publics. »

Apparemment, la discussion est terminée. La journaliste a détourné le regard. Elle contemple la salle, en prenant cet air ennuyé des gens qui tuent le temps au café. Ne s'est-elle pas vantée de pouvoir observer l'avenir, sans bouger de sa banquette ? C'est une pose, il ne peut croire qu'elle n'ait rien de mieux à faire de son après-midi. Elle finit par rompre le silence :

« Vous retournez à votre bureau ?

– Et vous dans votre rédaction ?

– L'ambassade des États-Unis organise un cocktail pour le lancement de la fusée. C'est à quinze heures, venez avec moi.

– J'ai quelque chose de prévu, rue du Faubourg-Saint-Honoré.

– Alors accompagnez-moi jusqu'à l'avenue Gabriel. »

Grégoire ne l'avait pas vue debout. Elle est aussi grande que lui, et pas du genre à mettre des talons.

Sur le trottoir encombré de touristes, elle marche vite, donne des détails sur les incessants cocktails de presse, l'agrément du métier quand on débute, une corvée à force d'y revoir constamment les mêmes confrères. Sauf si on veut devenir alcoolique, comme eux. Une plaie dans la profession.

Il se fait la réflexion que Katerine, dans la rue, qu'elle soit occupée ou non à converser, marche en regardant droit devant. Irène, qui ne possède pas autant de contrôle de soi, a besoin de vérifier à chaque instant comment réagit son interlocuteur. Elle est franche, délurée, moqueuse. Désormais il la lira d'un œil différent. Plaisantait-elle en suggérant qu'il pourrait se rendre avec elle à l'ambassade ? S'ils doivent faire équipe, ce serait une erreur d'apparaître en compagnie l'un de l'autre. Hormis les indicateurs de police, qui détient plus de données sensibles que les journalistes ? Ils ne fréquentent pas les mêmes bars, c'est tout.

Ce matin, la météo annonçait trente degrés à Paris. La journée la plus chaude depuis le début de l'été. Il hésite à ôter sa veste, déjà déboutonnée. Descendre les Champs en bras de chemise, Katerine n'approuverait pas.

Non seulement Irène avance à toute vitesse, mais elle slalome entre les passants. Pour la seconde fois, elle heurte quelqu'un qui arrive dans l'autre sens. Le type, déséquilibré, pour éviter la chute se raccroche à Grégoire, qui à son tour se raccroche à Irène. Pour comble, c'est ce flâneur, amusé par l'incident, qui leur présente des excuses.

À l'approche du rond-point, l'avenue est plus calme. Grégoire cherche une zone d'ombre, il aimerait qu'elle ralentisse. Ils obliqueront dans l'avenue Matignon et se sépareront au carrefour suivant.

« Avant de vous rejoindre au Drugstore, j'ai passé ce matin deux coups de téléphone. Le premier à un vétéran de l'État, l'un de ces individus dont on dit qu'ils ont le bras long, car personne ne connaît l'étendue véritable de leur pouvoir.

– Je devine de qui vous parlez.

– Il n'est jamais celui auquel on pense.

– Et l'autre coup de fil ?

– Mon père. Les deux m'ont traité avec la condescendance typique des hommes de cette génération. Ce sont d'affreux cabotins. Ils savent qu'on ne les écoute plus, mais ils continuent à distiller conseils et oracles de leur voix chevrotante. C'est tuant.

– Pourquoi cette confidence ?

– J'ai éprouvé le sentiment inverse, pendant notre déjeuner. Après qu'on m'a fait sentir que j'étais trop jeune, celui de ne l'être pas assez. »

Elle s'arrête net. Le visage rieur contredit la sévérité du propos :

« Je vous trouve extrêmement manipulateur.

– Ce n'est rien à côté de certains de mes amis.

– Vous faites allusion à Antoine Dupuy-Marcellin ?

– Le connaissez-vous ?

– J'ai rencontré sa femme. Vous l'appréciez ?

– Elle divise, jusque dans mon propre couple. »

Irène se contente de cette réponse et repart du même pas rapide. Elle traverse hors des clous, sans regarder si la voie est libre.

« J'ai un petit ami, mais lui il vit dans le dix-neuvième. Le siècle, pas l'arrondissement.

– C'est inattendu.

– Il a renoncé à enseigner. Il veut écrire un bouquin sur deux œuvres provocatrices de cette époque. La plus connue est le *Dictionnaire des idées reçues*.

– Jamais entendu parler.

– Le paradoxe est que les textes qu'il étudie sont très courts, mais que son livre à lui, dit-il, fera mille pages. Il a déjà choisi le titre. Il faut crétiniser le lecteur.

– Pardon ?

– Il faut crétiniser le lecteur.

– Comment gagne-t-il sa vie pendant ce temps ?

– Il ne la gagne pas. »

Après l'avoir quittée, Grégoire repense aux dernières paroles d'Irène. S'est-elle fichue de lui avec cette histoire de petit ami ? Qu'elle puisse être amoureuse d'un intellectuel ne l'étonne pas. Ils sont à la mode. Le peu qu'elle en a dit le révolte. La plupart ne sont que de sombres idiots, mais ils s'arrangent toujours pour que ce soit vous qui passiez pour l'imbécile.

Cet être inflexible a *renoncé* à enseigner. Pas à se laisser entretenir par une fille dont le métier consiste à faire la publicité de gens qu'il méprise et considère sans doute comme des ennemis de classe.

Il rumine l'épisode, exaspéré.

Ça et les manigances des Dupuy-Marcellin.

Voilà longtemps qu'il ne raconte plus ses journées à Katerine, il rapporte les péripéties divertissantes, les événements malheureux, lui épargne le reste. Il fera une exception pour sa rencontre avec la journaliste. Katerine saura lui dire s'il a bien manœuvré. Il en profitera pour donner libre cours à sa verve contre le petit ami. Ce merdeux.

Quelle bonne idée de venir dans cette galerie.

La température y est fraîche, aucun être humain à l'horizon, mais de-ci de-là, d'étranges objets à admirer. Le *Coin de chasteté* se cache parmi eux.

La chose qui aimante le regard par sa masse et sa position centrale, pour qu'on puisse en faire le tour et l'observer sous tous les angles, ressemble à un fragment de roche. Piquée sur une tige elle-même plantée dans un socle, elle est haute d'un mètre, large de moitié. Est-ce la finesse de la tige ? On a l'impression d'une absence de poids. Ses contours arrondis combinés à sa matière poreuse lui donnent l'aspect d'une éponge.

Difficile, même en s'approchant très près, de déterminer si c'est bien de la pierre. Quoi d'autre, un moulage ? La teinte bleutée, vaguement métallisée, ne plaide pas pour un matériau naturel. Pour autant qu'il puisse voir, cette couleur est présente partout, jusqu'au plus profond des alvéoles. Les cavités paraissent incroyablement ramifiées, par endroits le peu de matière qui reste a la découpe et l'épaisseur d'une dentelle. Il y a plus de vide que de plein.

Grégoire a une vision fugace de cette roche au bord d'une crique, soumise au ressac inlassable. À chaque nouvel assaut, ce sont des hectolitres d'eau de mer qui envahissent son dédale intérieur. Au reflux de la vague, ça se vide en ruisselant par les orifices, toutes les parois un peu plus poncées et amincies.

Qui peut vouloir acquérir et installer chez soi un truc pareil ? Pourtant il existe une clientèle. Pour décorer le jardin, peut-être ?

Malgré sa laideur, il pressent que cette sculpture va l'obséder. Il l'associe déjà à d'autres images. Pourquoi pas une morille géante fossilisée ? Ou une météorite ?

Il est prévu que les astronautes rapportent des échantillons du sol lunaire et plus tard de la planète Mars. Si les scientifiques découvrent qu'il y a eu là-bas de l'eau, alors peut-être y a-t-il aussi eu de la vie.

Autour, des vitrines présentent des œuvres isolées, parfois une paire ou un groupe d'objets, sans que leur rapport saute aux yeux. L'absence de cartels ne facilite pas la compréhension.

Comme la météorite, beaucoup de ces choses pourraient provenir d'un temps très lointain, avoir été retrouvées lors de fouilles ou par hasard, en se promenant. Grégoire suppose que l'ambiguïté fait partie du message, mais pour signifier quoi ? Évidemment, si le *Coin de chasteté* a été vendu, il risque de chercher longtemps. Il s'apprête à refaire le tour des vitrines, quand une voix surgit dans son dos :

« Puis-je vous être utile ? »

L'homme est excessivement corpulent, ce qui ne l'empêche pas d'être tiré à quatre épingles. *Voilà à quoi j'aurais ressemblé dans quelques années, si je n'avais pas entrepris ce régime.* La voix et l'élocution sont raffinées, presque précieuses. Grégoire et le propriétaire de la galerie se jaugent un instant, entre eux le courant passe tout de suite.

« Je suis incapable d'identifier l'objet que je recherche. J'en connais le nom, rien d'autre, je suis désolé.

– Le *Coin de chasteté*, je présume.

– Comment avez-vous deviné ?

– Certaines œuvres sont précédées par leur réputation. Pour d'autres, plus rares, le génie d'un titre suffit.

– On vous le demande souvent ?

– Ce n'est pas ainsi que ça fonctionne.

– Est-il possible de le voir ?

– Vous l'aviez sous les yeux. »

Grégoire se repenche sur la vitrine. En effet, il aurait pu comprendre au premier regard : le petit parallélépipède de bronze, pas plus grand qu'une boîte d'allumettes, est enchâssé dans ce qui ressemble à un bout de gencive, d'un joli rose tendre. Il ne croit pas avoir déjà vu une œuvre d'art aussi minuscule.

« On dirait que le morceau du dessus est amovible.

– Je vais vous montrer. »

L'homme dépose le coin dans sa main. Une fois les éléments séparés, la partie creuse du dessous se révèle avoir l'apparence d'une vulve. Grégoire replace lui-même le coin sur son support. Il a envie de rire, se demande si le galeriste trouverait ça inconvenant.

« C'est assez comique, n'est-ce pas ?

– Je suis d'accord avec vous. Tout le monde n'en perçoit pas l'humour, malheureusement.

– Quelle est cette matière ?

– Du plastique dentaire.

– Mon Dieu ! »

Grégoire demande le prix. À l'énoncé de la somme, il a encore plus envie de rire.

« Ça aussi c'est comique, non ?

– Votre sens de l'humour est vraiment très développé.

– Davantage que mon sens artistique, peut-être.

– Ces notions vont de pair, aujourd'hui. »

La remarque laisse Grégoire sans voix. Les raccourcis plaisants sont le lot de toute conversation, une forme de politesse entre gens du monde. Mais cette dernière phrase, il ignore pourquoi, lui paraît la chose la plus profonde qu'il ait entendue depuis longtemps.

« Combien en existe-t-il ?

– L'original date de 1954. Un tirage de huit exemplaires a été réalisé en 1963, par Arturo Schwarz à Milan. »

L'homme lui désigne, inscrite sur le plastique dentaire, la mention de la galerie avec le numéro correspondant.

« Je le réserve.

– Fort bien. Félicitations. »

Grégoire sort sa carte, empoche en échange celle du galeriste.

« Mon bureau vous contactera pour la paperasse. »

Pour toute réponse, le marchand abaisse pudiquement les paupières. Ses cils sont longs et soyeux, comme ceux d'un adolescent. Se pourrait-il qu'ils soient faux ? Il dit :

« Les journaux ont parlé de vous récemment.

– Je me serais passé de leur publicité.

– Êtes-vous collectionneur ?

– Absolument pas.

– Alors c'est incompréhensible. Je vais être indiscret : cette acquisition, c'est pour offrir ?

– Pourquoi me poser la question ?

– On aime savoir ce que deviennent les pièces de cette importance. Vous n'êtes pas obligé de répondre.

– Je ne m'attendais pas à subir un interrogatoire.

– Oubliez ce que j'ai dit.

– J'attache du prix à la confidentialité. Ne me faites pas regretter mon achat. »

Grégoire fait quelques pas en direction de la roche poreuse. Elle semble moins laide que tout à l'heure. On s'habitue vite.

« De la résine époxy. Vous n'allez pas le croire, ceux qui l'ont inventée l'utilisaient à l'origine pour des appareils dentaires.

– Vous recevez ici beaucoup de dentistes ? »

Le galeriste ne relève pas. Le mépris, dans l'attitude de son visiteur, est évident. L'avoir suspecté d'être collectionneur, c'était le confondre avec ces parvenus des cliniques spécialisées de l'Ouest parisien, dont l'explosion de la fortune et le style m'as-tu-vu horripilent le vrai bourgeois, nanti de longue date. N'empêche, Grégoire Molyneux voit juste : les galeries comptent de plus en plus de chirurgiens-prothésistes dans leur clientèle. À l'avenir, les artistes seront voués à produire des œuvres reflétant le mauvais goût de cette nouvelle catégorie d'acheteurs.

« Encore une chose. Vous parlez d'un original, de huit répliques. Il me serait agréable de savoir si les autres exemplaires ont déjà été vendus et qui les possède.

– Votre conception de la confidentialité est à sens unique. »

Le marchand ne le dit pas comme un reproche. Il éprouve de la sympathie pour l'homme d'affaires, espère que celui-ci s'en aperçoit. À défaut de lui vendre d'autres objets aujourd'hui, il aimerait le revoir pour mieux faire connaissance. Un homme tel que lui a besoin qu'on prenne son éducation en main, d'être guidé. Au fond, collectionneur, il l'est déjà, à son insu. Le jour où il sortira vraiment le carnet de chèques, ce sera pour tout rafler. Certains sont mus par le désir de posséder, pour d'autres c'est plutôt la volonté de priver leurs concurrents.

« Je vais me renseigner. Je vous ferai une liste.

– Ce n'est pas pour offrir.

– Oubliez cela, c'était maladroit de ma part.

– Mon idée est de m'en servir comme presse-papiers.

– Pardon ?

– Vous avez bien entendu. Quand j'étais enfant, dans le bureau de mon père, sur sa table de travail et sur les plateaux des meubles il y avait toujours des tas de papiers avec des trucs lourds posés dessus, pour éviter que ça vole dans les courants d'air. J'ai une mère qui passe son temps à aérer. Elle a des théories sur les gens qui n'aèrent pas assez. Des catastrophes s'abattent sur leur maison et leur famille : moisissures, atmosphère viciée, allergies, asthme, tapisseries qui se gondolent. Mon père a cessé de lutter. J'ai gardé sa manie des presse-papiers. Même en l'absence de courant d'air, je vis dans la crainte que des documents s'envolent. Ridicule, n'est-ce pas ?

– Souhaiteriez-vous acquérir d'autres *Coin de chasteté* ?

– Ma question était de simple curiosité. On se demande à quoi les gens peuvent employer ce genre de chose. »

Ces paroles sont prononcées avec tant de sérieux que le marchand se met à douter. Molyneux a-t-il la moindre idée de ce qu'est le dadaïsme ? Sait-il ce que représente cet artiste, et par quel mécanisme sa cote justifie des prix aussi élevés ? Connaît-il seulement son nom ? Il ne croit tout de même pas avoir réellement investi dans un presse-papiers ? Ce serait un quiproquo ahurissant, une histoire à régaler le Tout-Paris !

Ou bien Molyneux est doté d'un humour inébranlable et il se fiche de lui depuis le début.

« Comment avez-vous appris que je vendais cette pièce ? Je n'ai fait aucune publicité.

– Un ami a tenté de me la décrire.

– Monsieur Dupuy-Marcellin ?

– Je n'ai rien compris à ses explications. J'ai voulu voir par moi-même. Le titre m'amusait. Je ne suis pas déçu.

– Vous êtes un ami d'Antoine Dupuy-Marcellin ?

– Je n'ai pas dit cela.

– Il semblait désireux de l'acquérir, puis n'en a plus parlé.

– Décidément, vous êtes bavard. »

Grégoire n'a pas envie de s'en aller. Les lois qui régissent le marché de l'art lui échappent encore en partie, mais il apprécie l'atmosphère du lieu et la personnalité du gros homme. Quand même, tenir pareil magasin de jouets, dans la rue qui mène au palais de l'Élysée ! Des jouets pour adultes, un envers ironique du pouvoir. Par une logique dont il comprend la nécessité et moins clairement les ressorts, il est indispensable que tout y soit laid et hors de prix. Pour parfaire cette absurdité, des gens tiennent là-dessus des discours très savants auxquels il est impossible de souscrire, mais qu'on ne peut pas non plus réfuter. Le petit copain d'Irène Châtain participe à cette conspiration. Grégoire approche la main de la météorite.

« Elle porte un nom ?

– *La nature s'époumone*. Il en existe de différentes formes, dimensions et couleurs. Il s'agit d'une œuvre profondément pessimiste.

– Inutilisable comme presse-papiers. »

Cette fois, le marchand rit de bon cœur.

« Vous savez, l'art qu'on appelle moderne, on le comprend du premier coup ou on ne le comprendra jamais. La plupart de ceux qui viennent ici se contentent de faire semblant.

– Je m'en voudrais d'entrer dans cette catégorie.

– Vous, c'est différent : vous faites semblant de ne pas comprendre ! Beaucoup d'amateurs éclairés ont commencé ainsi. Je vous le signale.

– Ne vous fatiguez pas. Je ne suis pas collectionneur et n'ai nullement l'intention de le devenir. »

Grégoire fait un pas en avant. L'autre, un pas en arrière. Ils contournent peu à peu la sculpture. Grégoire a une brève pensée pour la fusée américaine, qui s'arrachera bientôt à l'orbite terrestre. À rebours de l'avis général, il considère l'événement comme mineur, un coûteux numéro de cirque sans autre finalité concrète que d'énerver les Soviétiques. Est-ce la conversation avec le marchand d'art, après les confidences d'Irène sur sa vie privée ? Tout lui paraît vain et légèrement irréel. Il finit par identifier la raison de ce flottement.

« Dupuy-Marcellin est donc un habitué ?

– Son épouse. Elle passe chaque semaine. Quand elle revient avec lui, c'est souvent pour acheter. Nous papotons de choses et d'autres.

– Les classez-vous parmi les vrais ou faux connaisseurs ? »

L'homme abaisse ses paupières aux longs cils féminins et se tait. Antoine ne s'intéressait à rien de tout ça avant de rencontrer Stéphanie.

« Venait-elle déjà chez vous, avant leur mariage ?

– Stéphanie a travaillé ici, les deux années qui ont suivi la fin de ses études. Ensuite elle a rencontré monsieur Dupuy-Marcellin. Je la regrette. Elle a le sens du contact.

– J'ignorais qu'elle avait une formation artistique.

– Pour quoi faire ? Elle possède d'autres qualités. »

En plus de son instructive discussion avec Irène Châtain, ce soir il rapportera à Katerine ce qu'il a découvert en bavardant avec le galeriste de la rue du Faubourg-Saint-Honoré. C'est irritant, la capacité de sa femme à toujours deviner ce qui cloche chez les gens. Quand tous, lui le premier, étaient en extase devant Stéphanie, déjà Katerine se méfiait. Maintenant que le doute le gagne, Katerine n'en est plus là. De son côté c'est devenu de la franche détestation. Il n'ose imaginer sa réaction, lorsqu'elle entendra ce qu'il a à raconter. Comme elle est incapable de faire un éclat, et ne peut devenir plus distante envers la Dupuy-Marcellin, ainsi qu'elle l'appelle à présent, que va-t-elle inventer pour la détruire ? Car elle va la détruire, c'est certain.

À peine installé dans le taxi qui le ramène au bureau, Grégoire constate qu'il n'a plus son alliance. Elle n'a pas glissé sur le siège, ni au sol, il s'en assure une seconde fois en passant la main avec précaution dans la jointure de la banquette et les moindres recoins. Où peut-il l'avoir égarée ?

Sitôt arrivé, il demandera à la secrétaire d'appeler le Drugstore et la galerie. Le mieux serait qu'elle se rende sur place, en commençant par le Drugstore. Lui-même se fera conduire rue Réaumur, chez *France-Soir*, pour publier une annonce. Le plus probable est qu'elle soit tombée sur le trottoir. Quelqu'un l'a peut-être ramassée. Il faudra aussi aller aux objets trouvés, au commissariat d'arrondissement. Mademoiselle Méry refera son parcours pas à pas, elle inspectera tout centimètre par centimètre, même le caniveau. Katerine avait suggéré de faire resserrer l'anneau. Puisqu'elle allait aujourd'hui chez Sirop et Pauliet pour changer le bracelet de montre, ç'aurait été l'occasion.

Grégoire regarde avec étonnement son doigt nu.

Ça se bouscule dans sa tête.

L'employé du guichet des petites annonces, la cinquantaine, nez pointu, lunettes cerclées d'intellectuel, lui précise d'une voix monocorde les tarifs. S'il se décide immédiatement, ça paraîtra dans la prochaine édition.

« Puis-je vous la dicter ?

– C'est encore mieux.

– *Perdu 16 juillet après-midi quartier Champs-Élysées, anneau argent avec inscription : Katerine-6-5-9. Forte récompense. Répondre au journal qui transmettra.* Voici ma carte de visite. Vous acceptez les chèques ? »

Et maintenant ? Il est trop tard pour repartir au bureau, et trop tôt pour rentrer à la maison. S'il marchait jusqu'à la Bourse ? Il s'offrira un remontant au Vaudeville, peut-être croisera-t-il là-bas son contact de l'AFP.

Il aime ces bâtisses à l'histoire mouvementée. Celle de *France-Soir*, 100 rue Réaumur, qu'il a fallu reprendre aux Allemands qui y imprimaient leur propagande pendant l'Occupation. Celle de l'Agence France-Presse, 13 place de la Bourse, qu'il a fallu libérer d'un prétendu Office de l'information créé par le gouvernement de Vichy. Tout de même, c'est autre chose que de faire les cons sur la Lune. Il débouche à l'angle de la place.

Le marché des valeurs et le marché de l'info, en vis-à-vis. Deux activités qui en vérité n'en font qu'une. Il n'y a que la rue à traverser.

On n'en parle pas : la Bourse pétait de santé durant ces années sombres. Ce serait trop compliqué à expliquer. Il est plus sage que cette question reste débattue entre spécialistes.

De toute façon, les souvenirs de la guerre, en France, sont entachés de tant de mensonges que les gens préfèrent éviter le sujet. Beaucoup ont de bonnes raisons de se taire, mais comme on ne sait jamais qui en particulier, chacun la boucle, par précaution. Il avait quinze ans à la Libération. Katerine seulement dix. Elle et lui ont reçu à l'époque la même recommandation de leurs parents, souvent répétée. *Dans cette affaire nous sommes Anglais. Notre rôle n'est pas de donner des leçons.*

Le Vaudeville est inhabituellement désert. Aucune tête connue en vue, sauf derrière le bar. Grégoire n'est pas homme à fraterniser avec les serveurs, à les appeler par leur prénom, en les tutoyant, mais enfin, il apprécie que celui-là ait l'air de le reconnaître. Il ne croit pas s'être déjà assis sur un de ces hauts tabourets. Il choisit le deuxième en partant du fond. À la mimique interrogative du barman, il répond qu'il veut un whisky sans glace et un Perrier, ajoute qu'il va passer un coup de fil.

Grégoire se dirige vers la cabine, en revient deux minutes plus tard. Le garçon dépose les consommations sur le comptoir, au moment où Grégoire reprend place sur le tabouret.

« Dans le Tour, quoi de neuf ?

– C'est un Anglais qui a levé les bras à Bordeaux. Barry Hoban. Dans cinq jours ils arriveront à Paris. La course est terminée.

– Il y a encore le Puy-de-Dôme.

– Merckx contrôle le peloton. Pour moi, il a partie gagnée.

– D'accord avec vous. »

Ce barman s'exprime avec un ton de conviction qui ne trompe pas. Il en connaît long sur le vélo, ne détesterait pas étaler sa science à propos du nouveau champion belge et du pauvre challenger français, éternel second. Ces commentaires de monsieur Je-sais-tout fatiguent Grégoire à l'avance. Il ne veut pas les encourager, ni se montrer impoli.

« Vous allez m'excuser, mais j'attends quelqu'un. Je dois réfléchir à certaines choses et me concentrer.

– Ah, une dame ?

– Pas exactement. »

Face à l'imprévu, à défaut de savoir comment agir, Grégoire sait quelles erreurs on est censé éviter. Toujours les mêmes préceptes hérités de son père. Ne te laisse pas dominer par tes émotions. Soupèse les conséquences. La nuit porte conseil. Il s'apprête, une nouvelle fois, à bafouer ces principes de bon sens. Jusqu'à maintenant ça ne lui a pas si mal réussi. Dans la moitié des cas, il a eu raison de faire ce qu'il ne faut pas faire. Dans l'autre, il a eu tort. S'il avait agi plus normalement, sans doute les résultats auraient-ils été inversés : il aurait réussi ce qu'il a raté et aurait raté ce qu'il a réussi.

Le véritable bilan est là. Grégoire le juge excellent.

Revigoré par cette plaisante analyse, il reprend une gorgée d'alcool. Bien entendu, faire le contraire de ce que lui a enseigné son père n'est qu'une autre manière de fonctionner selon la même logique, sans la changer. Plus difficile serait de saper les fondements de cette logique. N'est-ce pas à une manœuvre de ce genre que se livre l'artiste du *Coin de chasteté* ? Quel moyen astucieux de gagner de l'argent ! Inutile de se torturer pour comprendre la raison de prix aussi élevés. C'est la récompense méritée du nihilisme. Il est donc approprié, songe-t-il, que les acheteurs soient des gens tels que lui ou Antoine.

La gorgée suivante a un goût plus âcre.

Il pense à la perte de l'alliance. Les chances de la retrouver sont minces, mieux vaut ne pas y compter. Avec la mode qui consiste à tout interpréter, beaucoup verraient là un signe, comme le fait d'égarer ses clés. Il raisonne : s'il est absurde de chercher un message derrière la disparition d'une alliance, la retrouver ou ne pas la retrouver est aussi un événement dépourvu de sens. L'analogie avec les clés est quand même douteuse. L'alliance est un symbole. On n'en fabrique pas de double. S'il doit y en avoir une copie, jamais celle-ci n'aura la valeur de l'original. Il se sent triste et vexé d'avoir perdu la sienne, serait heureux et soulagé de la retrouver, mais quel besoin de mêler Dieu, le destin ou le subconscient à ça ? Ce soir, il en est sûr, Katerine fera preuve du même stoïcisme.

Quelle sensation étrange de voir ce doigt nu. Toutes ses pensées, depuis qu'il la connaît, semblent procéder de Katerine et toujours devoir le ramener à elle.

Leur petite fille, sa carrière, l'emploi de ses journées, les relations avec leurs amis : il les perçoit comme des points, disposés sur ce cercle perpétuel du désir qu'il éprouve pour Katerine. Si le cercle, le mouvement venaient à s'interrompre, plus rien ne tiendrait l'ensemble, les points s'atomiseraient et son monde volerait en éclats.

À la naissance d'Alice, il s'est rendu compte que ses sentiments envers l'enfant ne servaient qu'à décupler son attirance pour la mère. Alice, par elle-même, n'avait pas tellement d'importance. La vérité est qu'elle n'en a pas beaucoup plus aujourd'hui.

Dans ce milieu préservé où les jeunes gens promis à un brillant avenir se marient avec des jeunes filles du même monde, Katerine et lui appartenaient au sous-groupe prestigieux des familles d'origine britannique. On pourrait croire qu'ils ont été poussés l'un vers l'autre. Du moins, que la rencontre a été facilitée. Il n'en est rien. Grégoire se souvient, au début de leur flirt, avoir pensé en découvrant son prénom : *En plus c'est une Anglaise !*

Katerine n'a jamais été très bavarde concernant ses parents. Fille unique, elle a accompli son devoir de fille, sans zèle excessif, sans non plus s'exposer au reproche de ne pas en faire assez. Depuis leur mort, elle n'en parle plus du tout. Grégoire conserve d'eux l'image d'un couple distingué. Il est vrai qu'il ne les a vus qu'une fois, le jour du mariage. Ses propres parents, au lendemain de la cérémonie, n'avaient pas tari d'éloges sur Edward et Mary Hazlehurst. Leurs compliments étaient-ils sincères ? Ni les Molyneux ni les Hazlehurst n'avaient semblé si pressés que ça de se revoir. Un an plus tard, Mary avait disparu, suivie de près par Edward.

Il s'étonne, rétrospectivement, de la vitesse avec laquelle ces gens ont été oubliés. Alice ignore presque tout de leur existence. Cette dernière pensée se mêle à la saveur de plus en plus âcre du whisky. Il n'a pas touché au Perrier, c'est plutôt d'un autre whisky qu'il aurait besoin.

Lorsqu'il se remémore ces événements, Grégoire se rappelle surtout l'absence de réaction de Katerine à l'annonce du premier décès. Pour celui de son père, ç'avait été différent, mais le peu d'émotion qu'elle avait manifesté l'avait laissé perplexe : ce n'était pas du chagrin. D'instinct, il a su qu'il était préférable de ne pas l'interroger.

Ce dont Grégoire se souvient dans les moindres détails, c'est quand ils font l'amour. Ça éclipse tout le reste. La signature d'un contrat, une réussite ou un désagrément sont toujours associés dans son esprit, s'il y réfléchit, à la manière dont Katerine, de guerre lasse, consent à coucher avec lui.

Au moment de la mort de Mary Hazlehurst, puis d'Edward, elle s'y est prise différemment pour trouver le plaisir. Avec une concentration féroce le jour du deuil maternel, avec une patience pleine de retenue pour le deuil paternel. Il ne saura jamais à quoi elle pensait, si quelque chose du passé la guidait, une image, des mots. Il sait seulement n'y être pour rien. Ces fois-là comme les autres.

Elle commence par se refuser, à la fin elle cède.

Grégoire se dit souvent qu'en amour, son unique talent est là : l'amener à accepter. S'il la questionnait, sans doute lui ferait-elle sa réponse je-m'en-foutiste. *C'est le rôle normal d'une épouse.* Mais lorsqu'elle cède, soudain tout se renverse. Elle sait ce qu'elle veut et comment l'obtenir. Il devient pour ainsi dire son spectateur. Rien ne l'émeut ni ne l'excite autant, il lui est douloureux d'y penser, il y pense du matin au soir.

Son aspect frêle, sa froideur inexpressive comptent pour beaucoup dans la séduction qu'il lui trouve. Elle a le charme des femmes dont on ne remarque pas tout de suite la beauté. Il faut la regarder longtemps, plus on la regarde mieux on perçoit combien elle est belle. Son intelligence idem, arme secrète, elle la cache. Elle fuit l'originalité, voudrait s'effacer. Elle détesterait savoir que son mari la juge originale.

Ce soir, comme d'habitude, elle se refusera avant de céder.

Il est curieux de voir l'effet que produira sur Katerine la double annonce de la disparition de l'alliance et de la traîtrise des Dupuy-Marcellin.

« Mon vieux, ça n'a pas l'air d'aller fort. »

La main d'Antoine s'abat lourdement sur son épaule. Grégoire l'enlève, comme le ferait une fille, songe-t-il, qui ne veut pas qu'un garçon la touche.

« Tu as fait vite, c'est bien.

– Greg, que t'arrive-t-il ? »

Son visage élégant, aux traits réguliers, affecte une totale décontraction. Ils ont le même âge, les mêmes goûts, des intérêts en commun. Jusqu'alors, Grégoire le considérait comme son meilleur ami.

« Il m'est arrivé cet après-midi, coup sur coup, deux choses totalement inattendues.

– Raconte !

– En fait : deux fois la même chose, à moins d'une heure d'intervalle. Ce qui est encore plus étonnant.

– Mais de quoi s'agit-il ?

– J'ai croisé Stéphanie. »

Antoine ne se démonte pas, il semble plutôt soulagé. Il lève une main, à l'intention du barman, de l'autre il désigne le verre vide de Grégoire.

« Tu en reprends un ? »

Grégoire fait signe que non, de la tête.

« Un seul, sans glace. »

Son fameux sourire irrésistible, impeccablement maîtrisé, précède d'une fraction de seconde l'innocente question :

« Que trouves-tu d'inattendu dans le fait de croiser Stéphanie ? Elle va, elle vient. Où l'as-tu rencontrée ?

– Figure-toi qu'elle a surgi au détour d'une conversation avec Irène Châtain, la fille de *Match*. Elles se connaissent. Quarante minutes plus tard, tandis que je causais avec ton galeriste, qui revoilà ? Stéphanie. Eux aussi se connaissent.

– Sois plus clair.

– J'ignorais qu'elle a travaillé deux ans dans les relations publiques et qu'elle fréquente Châtain.

– Elles sont amies, ni toi ni moi n'y pouvons rien.

– Katerine, elle, sait à peine que Châtain existe !

– Tu es sûr que ce n'est pas Katerine le problème ?

– Laisse Katerine hors de ça. Le problème est que tu aurais eu cent fois l'occasion de m'en parler. Tu as choisi de ne rien dire.

– Et tu en conclus quoi ?

– Que tu me prends pour une buse. »

Antoine soupire. Il reste un instant silencieux, pousse sur le comptoir son paquet de Craven A.

« Tu en veux une ?

– Ouais.

– Ce serait long à raconter.

– J'ai le temps.

– Stéphanie est une femme compliquée.

– Sans blague ? »

Grégoire est surpris de la facilité avec laquelle Dupuy-Marcellin tombe dans le panneau. Il lui en coûte de rompre, mais quel autre moyen d'empêcher Katerine de s'en prendre à Stéphanie ? Il a quand même découvert qu'avec Irène, elles sont *amies*. La journaliste n'a pas été aussi explicite. Et puis rompre avec Antoine, ce n'est pas renoncer définitivement à toute relation. Si un jour leurs intérêts convergent à nouveau, ils renoueront.

Il le laisse s'enferrer dans ses justifications minables, guette le moment où il pourra lui coincer les doigts dans la porte.

« Bref, elle est difficile à satisfaire.

– Épargne-moi vos histoires de fesses.

– Il ne s'agit pas de ça. Tu ne mesures pas ta chance, avec Katerine. Stéphanie est persuadée qu'elle l'a prise en grippe.

– Tu m'en as déjà parlé ce matin.

– Je t'en reparle.

– Ma réponse n'a pas changé.

– Crois-tu que je devrais la quitter ? »

La feinte est brillante. Peut-être vient-elle un peu tôt. Grégoire sait qu'il ne serait pas de bonne tactique d'abréger cette triste séance. En même temps il meurt d'envie d'être avec Katerine.

« Rassure-moi : le business, tes mensonges, vos soirées échangistes, tu le fais pour toi ou pour elle ?

– Pour elle.

– Donc tu ne peux pas la quitter. »

Dupuy-Marcellin paraît hésiter. Il demande :

« Tu peux me le dire maintenant. Vous ne nous avez jamais accompagnés à ces soirées. Est-ce Katerine ou toi qui refusait ?

– Je ne voulais pas de ça. Katerine y aurait été encore plus hostile, si je lui en avais parlé.

– Tu crois bien la connaître.

– Ne te fatigue pas. Sur ce sujet, il faut davantage que des sous-entendus pour me déstabiliser. Katerine est un roc. »

Il revoit l'affreuse sculpture, *La nature s'époumone*. Quelques secondes s'écoulent avant que Grégoire prenne conscience qu'elle apparaît, cette fois, trônant au milieu du salon, boulevard Suchet. Il note le changement de teinte, rose nacré. Sans doute un effet de la lumière, par leurs fenêtres exposées au couchant. L'énorme muqueuse pétrifiée est là depuis si longtemps qu'on n'y prête plus attention. Le soir, dans la pénombre, sa forme immobile semble flotter au-dessus du sol, comme une question sans réponse. Il faut croire que Katerine, finalement, a abandonné son rêve d'emménager dans un hôtel particulier. A-t-elle renoncé à beaucoup d'autres choses en acceptant de rester, une vie entière, à ses côtés ? À cette heure, elle doit être au lit avec un roman. Il prenait plaisir au récit de ses lectures, les péripéties amoureuses piquaient sa jalousie, il les guettait. Ensuite elle a moins raconté, puis plus du tout. Il est devenu cet homme qui attend dans l'obscurité, chaque soir un peu plus loin dans la nuit. À quoi pense-t-il ? Certainement pas aux bêtises qui l'occupaient jadis, quand ses propres espoirs étaient sans limites.

DEUX JOURS PLUS TARD

Vendredi 18 juillet

Boulevard Suchet, l'immeuble en pierre de taille est séparé du trottoir par un jardinet étroit, une haie, une grille. L'appartement des Molyneux est au deuxième étage. En face, planqué derrière l'arrêt de bus, Skip ne sait pas trop pourquoi il est là. Il n'a encore vu personne entrer ou sortir.

À neuf heures, la domestique pénètre dans l'immeuble.

Une minute plus tard, madame Molyneux apparaît. Elle porte une robe sans manches, coupée au-dessus du genou, jaune clair. Sur son sac à main, il y a un cardigan d'un jaune plus pâle, replié avec soin.

Skip trouve agréable de la regarder marcher. Le léger bruit que font ses chaussures chics, au contact du sol, est bien rythmé. Elle s'éloigne vers la place de Colombie. Il lui emboîte le pas.

D'ordinaire, Skip ne suit pas les gens, il ne fait que les croiser. Sa propre démarche de flâneur matinal s'accorde à l'allure, en apparence plus vive, de la femme en jaune. Rien ne semble les relier. Ils ne donnent pas l'impression d'avancer à la même vitesse. Pourtant, l'écart entre eux reste constant.

Il lui est reconnaissant d'éviter le jardin du Ranelagh.

Les parcs et les squares lui flanquent le cafard. Les mères de famille avec leurs poussettes, leurs bambins, il ne leur veut aucun mal, mais ça lui sape le moral.

Madame Molyneux a une silhouette menue. Skip se fait la réflexion, à la voir marcher ainsi, devant lui, que les choses doivent avoir peu de prise sur elle. Mariée, très bien mariée, et indépendante, cela lui plaît. Il veille à ne pas resserrer l'écart, dix mètres, c'est le minimum.

Place de Passy. Rue de l'Annonciation. Impossible de deviner vers quel rendez-vous la jolie épouse se dirige d'un si bon pas. À cette distance de son domicile, pour une femme de son standing, il est surprenant qu'elle n'y aille pas en taxi. Les bourgeois sont tellement compliqués. Ce n'est pas comme chez les malfrats qu'il a côtoyés depuis l'adolescence, ou avec la bande de bohèmes qui gravitaient autour d'Hennepin. Ceux-là ont des comportements prévisibles. Ils sont enchaînés à leurs vices.

En dépit de son élégance et de sa gracieuse façon de se mouvoir, il note que les gens ne font pas attention à elle. Il observe, aussi, qu'elle marche au milieu du trottoir en regardant droit devant, jamais elle ne dévie de sa ligne, ce sont les autres qui se décalent pour lui laisser le passage.

Le détail le plus intime qu'il connaisse, pour l'instant, c'est son prénom, gravé en tout petits caractères à l'intérieur de l'alliance dérobée au mari. D'un geste, en palpant le blouson côté cœur, il vérifie qu'elle est bien là.

Soudain la robe jaune pivote et disparaît.

Il ne s'y attendait pas : elle est entrée dans un café. Ignorant, lorsqu'elle sortira, si ce sera pour rebrousser chemin ou pour continuer dans le même sens, il traverse la rue et s'approche de la vitrine d'une agence immobilière. Il se met à lire les bristols, sans perdre de vue la porte du café et le va-et-vient des clients peu nombreux. Il les lit un à un. De vastes et beaux appartements, à des prix qui le démoralisent, surtout quand l'agent, inoccupé à sa table de travail, dix fois au moins le scrute avec un sourire mi-figue mi-raisin. Dans le reflet, Skip se voit froncer les sourcils. Depuis combien de temps est-elle là-dedans ? Ça commence à l'inquiéter.

Après une heure d'attente, poussé par la curiosité, il retraverse la rue pour jeter un œil rapide dans le bistrot. Il aperçoit madame Molyneux à une table du fond, seule.

Le mur derrière le bar est équipé d'un grand miroir. Il n'a pas envie de retourner se poster devant la vitrine de l'agence. Si elle ne le remarque pas entre le moment où il franchira le seuil et celui où il s'accoudera au zinc, ce sera gagné. Arrivent deux ouvriers, cigarette au bec, le plus petit pousse la porte. Skip les suit, en ôtant son blouson. Une fois en sécurité, il coulisse le long du comptoir jusqu'à obtenir le meilleur angle. Il attrape au passage le journal, devance la question du patron :

« Un crème. »

Il l'a en ligne de mire. Un tableau parfait. Le haut du corps se découpe sur un aplat de boiserie à la teinte ambrée. Le maintien est impeccable, sans être guindé. La position de quelqu'un à qui on a appris à se tenir droit. Il ne voit pas la couverture du livre qu'elle tient presque à l'horizontale, les mains en appui sur le bord de la table. Tout le contenu de la bouteille de Saint-Yorre a été vidé dans le verre, lui-même bu aux trois quarts. Un billet de cinq francs est posé dans la coupelle. Elle tourne les pages avec régularité. Cette lecture a l'air de la captiver.

Dans *France-Soir*, encore le Tour de France, aujourd'hui étape de 198 km, arrivée au sommet du Puy-de-Dôme. Au classement Merckx a pris trop d'avance sur ses adversaires, il est indétrônable. Apollo est désormais plus proche de la Lune que de la Terre. Quatre cent mille kilomètres séparent notre planète de son satellite, heureusement qu'ils ne font pas le voyage à vélo.

Skip ne se verrait pas pédaler dans un peloton. Ni vivre enfermé dans une capsule, avec deux autres mecs habillés en Bibendum. Est-il plus enviable de prendre sans raison une inconnue en filature ?

Il regarde, pensif, l'image de la lectrice dans la glace. Madame Molyneux ne lui est plus tout à fait inconnue. Elle tressaille. Est-ce une phrase du roman qui a provoqué ce réflexe ? Ou de se sentir dévisagée ? Elle lève brièvement les yeux, mais c'est pour saisir son verre et boire un peu d'eau. Elle replonge dans le livre, Skip dans le journal. Souvent les annonces sont republiées deux ou trois jours de suite. Rien de tel pour l'anneau de mariage des Molyneux. Sur le coup, Skip en éprouve une sorte de vexation. Doit-il en conclure que ça ne les préoccupe déjà plus ? Il revient au visage dans le miroir, si sérieux, si concentré. Elle était bonne élève, la première de sa classe. Beaucoup de filles douées à l'école, en définitive, n'exercent aucun métier, alors que les garçons parmi lesquels il y a tant de cancres, eux, doivent travailler coûte que coûte, leur vie durant, sans relâche. L'an passé, les révolutionnaires de mai avaient des slogans à ce sujet. Les Molyneux ne paraissent pas avoir beaucoup souffert de leur bazar. Ça n'explique pas pourquoi elle vient lire ici, au lieu de rester chez elle.

Enfin elle remet le bouquin dans son sac, trop vite pour qu'il puisse voir la couverture. En passant elle frôle son dos, et si elle ne le frôle pas, c'est tout comme.

Elle poursuit vers la Seine. Il ne se pose pas la question de continuer ou non à la filer. Même rythme soutenu, sans se laisser distraire par les vitrines, l'activité de la rue, le ciel bleu. Sa traversée du 16e arrondissement n'a rien d'une balade d'agrément. Skip doute qu'elle aille à un banal rendez-vous. Alors quoi ? Tant qu'il n'en aura pas le cœur net, il ne la lâchera pas d'une semelle.

Après le Trocadéro, devant l'œuvre du dénommé Soto, trois jeunes gens à la nouvelle mode hippie jouent de la musique. L'un des garçons martyrise une guitare, l'autre un violon, la fille secoue un tambourin.

Quelques badauds se sont attroupés.

À la surprise de Skip, madame Molyneux se joint à eux.

Le guitariste donne de la voix, en anglais. Il joue mal, chante mal, mais avec une ferveur qui parvient à émouvoir. Le violoniste a fermé les yeux, les couinements qu'il arrache à l'instrument sont une torture pour les tympans. La fille aux longs cheveux, en tunique et sandales, sourit de toutes ses forces, jamais elle ne frappe le tambourin, elle se contente de faire tinter les grelots.

La robe jaune se tient immobile parmi la dizaine de spectateurs. Certains commencent à dodeliner, à battre timidement la mesure. Skip reste à l'écart, conscient de sa vulnérabilité sur l'esplanade presque déserte.

Pourquoi s'infliger pareil supplice ? Il peut le comprendre de la part des touristes qui traînent là pour tuer le temps, mais madame Molyneux ? Attend-elle quelqu'un ?

Les tortionnaires hippies étirent la malheureuse chanson, en répétant le refrain à l'infini, encouragés par une poignée de personnes qui se sont mises à danser. La fille se balance d'un pied sur l'autre sans cesser de sourire, elle présente maintenant son tambourin retourné en corbeille au public, signe que la délivrance est proche. Madame Molyneux, la première, acquitte son dû, avec un billet de cinq francs. Elle se dégage du groupe de spectateurs et, du même pas imperturbable, reprend sa marche en direction de l'Étoile.

Skip est content de retrouver l'avenue Marceau. Souvent, après avoir chipé un portefeuille sur les Champs, il coupe par l'une des rues transversales et fait le tri du butin en déambulant ici, sur ce trottoir tranquille, à l'abri des platanes. Les billets vont dans une poche. Les photos intimes, lorsqu'il y a des photos intimes, dans une autre poche. Le reste est évacué, ce ne sont pas les poubelles qui manquent avenue Marceau.

Au début, ces photos, il les collectionnait. Comme il détrousse plutôt des hommes, c'étaient des photos de femmes. Il éliminait celles où figuraient des enfants. En l'absence d'enfant, il peut s'agir aussi bien d'une maîtresse que d'une épouse. Comment les distinguer ? On ne peut pas. L'épouse de l'un est la maîtresse de l'autre. La photo avec enfant est rangée dans le portefeuille d'un mari, celle sans enfant dans le portefeuille d'un amant.

Il en possédait une centaine, classées selon un certain ordre, à la manière d'un jeu de cartes. Il passait des heures à les contempler, étendu sur son lit. Le portrait de Marianne volé à Hennepin n'a jamais été mêlé aux images de ces inconnues.

Beaucoup portaient des inscriptions au verso : un nom, un lieu, une date. « Béatrice, Val-d'Isère, Pâques 63 ». « Isabelle, Hossegor, août 59 », celle-là en maillot deux-pièces, mince et bronzée, hélas en noir et blanc. « Évelyne, Rodez », sans date, elle est à une table de restaurant, n'a pas encore touché à son verre de vin, la serviette pliée comme on l'enseigne à l'école hôtelière est intacte dans l'assiette, c'est une photo d'amour pour garder le souvenir de ce moment plein de promesses, Évelyne n'est pas jolie-jolie mais son visage rayonne. Et combien de Fabienne, Thérèse, Marielle, Murielle, Mireille ? De temps en temps elles étaient dénudées, dans des postures inspirées des revues masculines. Le plus embarrassant ç'avait dû être ces poses si peu naturelles, davantage que la nudité. Skip songeait aux efforts de persuasion qu'il avait fallu déployer pour convaincre ces dames de se déshabiller, comme chez le toubib, sans désir ni préliminaires, et ensuite d'obéir, au moins en partie, aux consignes du balourd qui venait de se découvrir une vocation de portraitiste de charme et réclamait une meilleure cambrure ou une présentation du buste plus photogénique. Évelyne, la femme du restaurant, heureusement vêtue avec décence, était parmi ses favorites. Skip espérait que le fiancé avait pris soin d'elle, que les promesses avaient été tenues. À force, il s'était habitué à son physique sans grâce. Le bonheur qui irradiait de sa personne était-il de la gratitude envers celui qui l'avait choisie et voudrait peut-être, après dîner, qu'ils montent tout de suite faire l'amour dans sa chambre ? Ou n'était-ce que la perspective du bon repas, dans l'auberge typique ? Ou bien l'expression qu'elle jugeait appropriée, quoi qu'il arrive, face à l'objectif, parce qu'il est interdit d'avoir l'air triste sur les photos ? Un type photographie une fille dont le visage déborde d'amour, et il trimballera toute sa vie ce mensonge dans son portefeuille comme si c'était son bien le plus précieux. Que croire ? Ça fait belle lurette qu'il ne croit plus en rien. Enfin il s'y efforce. Il ne serait pas aussi solitaire si les gens lui étaient indifférents. Il éprouve pour leur intimité une attirance obscure, inexplicable, et sait bien que le fric planqué dans leur poche n'est pas la vraie raison. Ses bienfaiteurs, il ne croise pas leur regard. Il les dépersonnalise. Avec le temps, tous ces hommes qu'il vole forment un être unique, indistinct : la répétition du même quidam malchanceux de s'être trouvé sur son chemin. Lorsqu'il compulsait les images de sa collection, les filles ne pouvaient plus être rattachées à un homme précis. L'inventaire de leurs mimiques n'en était que plus absurde. Toutes s'étaient offertes au type qui prenait la photo, sauf que ce type, c'était comme s'il n'avait jamais existé. Il n'y avait plus que lui, Skip, seul sur son lit, seul, seul…

À la fin, reluquer ces gonzesses, ça l'a écœuré. Il les a bazardées, excepté Marianne bien sûr. Aujourd'hui quand il dépouille l'intérieur d'un portefeuille sous les platanes de l'avenue Marceau, il continue à glisser les photos dans son blouson, par réflexe, mais s'en débarrasse avant de rentrer à l'hôtel. Il ne veut plus ramener ça chez lui.

Avenue Mac-Mahon, la robe jaune pénètre dans un cinéma. C'est l'heure de la première séance, il n'y a pas un chat.

Skip lève les yeux. Sur le fronton, il lit : *La Femme infidèle*.

Lorsqu'il entre à son tour dans la salle, aussitôt les lumières s'éteignent, il va s'asseoir quelques rangs derrière madame Molyneux, le cœur battant.

C'est une propriété cossue, une de ces demeures bourgeoises comme on en voit en Île-de-France. Skip la situe aux environs de Saint-Germain-en-Laye ou de Versailles. Deux femmes bavardent dans le parc, une jeune et une moins jeune. Elles débattent de l'embonpoint du maître de maison, mari de la première, fils de la seconde.

« Oh écoutez, Mamie, il n'est quand même pas obèse !

– Non, mais il est rond. Entre son bureau et son jardin, il ne fait pas assez d'exercice.

– Je trouve qu'il a un peu maigri, moi, ces temps-ci.

– À l'œil nu, ça ne se voit pas. »

Le mari survient justement, accompagné du fiston, un blondinet de dix ans. L'enfant et l'adulte sont vêtus à l'identique, pantalons de toile beige, polo bleu marine pour le gamin, veste d'intérieur marine à double rangée de boutons pour le père. Ils offrent à la vieille dame un bouquet composé de fleurs fraîchement coupées.

Au moment de prendre congé, la visiteuse s'aperçoit qu'elle a oublié ses lunettes à l'intérieur de la maison. Le mari part les récupérer en trottinant à travers le parc. Sa femme est au téléphone. Quand elle l'entend entrer, elle se trouble, répond avec froideur qu'il y a erreur sur le numéro et raccroche.

Il paraît évident, se dit Skip, que la séduisante mère de famille parlait avec son amant, mais il n'est pas certain que le mari en ait vu autant que le spectateur. Skip apprécie ce sentiment d'avoir une longueur d'avance sur l'époux trompé. Ça devient excitant.

La soirée en famille s'étire, morne et ennuyeuse.

Au cours du dîner, le mari demande à sa femme si elle l'aime. Celle-ci, à la fois surprise et gênée, répond que oui, bien sûr, sous le regard amusé de leur fils. Plus tard, au salon, elle annonce qu'elle devra se rendre à Paris le lendemain. Pourra-t-il la déposer en allant au bureau ? Elle reste vague sur ses intentions : un nettoyage de peau, un rendez-vous chez le coiffeur, peut-être une séance de cinéma. Veut-elle qu'ils déjeunent ensemble ? Oh non, elle n'aura sûrement pas le temps. Dans ce cas, qu'elle le rejoigne au bureau en fin de journée, il l'attendra et ils rentreront tous les deux en voiture.

L'ambiance n'est pas plus animée dans la chambre à coucher. Les gestes et propos sont tendres, affectueux, mais dénués de chaleur, malgré la beauté éclatante de l'épouse et le désir qu'elle devrait inspirer à ce conjoint trop satisfait de lui-même, songe Skip. Il note la présence sur la table de nuit, de son côté à elle, d'une pile de livres très minces, et sur le chevet symétrique, de son côté à lui, d'ouvrages très épais. Ils éteignent.

La suite est prévisible. Tandis que Charles Desvallées sera dans son cabinet d'assurances, Hélène se prélassera dans les bras de l'amant. Un détail va mettre la puce à l'oreille du mari, si ce n'est déjà le cas, et les emmerdes vont commencer. Skip voudrait savoir si madame Molyneux se fait la même réflexion. Il paraît que certaines personnes retournent voir plusieurs fois les films. Quand on connaît l'histoire, son dénouement, sa morale, que vient-on regarder ou tenter de mieux comprendre ? Quelque chose lui dit que madame Molyneux appartient à cette catégorie de spectatrices. Il y a un mot dont les journaux raffolent, *cinéphile*, apparu un beau jour dans le langage courant et qu'il semble désormais obligatoire d'utiliser dès qu'on cause ciné. À la dernière ligne des articles consacrés aux nouveautés, il n'est pas rare que tombe une sanction du genre : « Conseillé aux cinéphiles », « Cinéphiles s'abstenir ». Ces jugements, combien de fois a-t-il pensé qu'il fallait les interpréter à l'envers. Conseillé : « N'y allez pas ! » S'abstenir : « Précipitez-vous ! » Vu l'affluence, ce film-là doit être conseillé aux cinéphiles. Peut-être n'y aura-t-il, à la fin, ni dénouement ni morale.

Skip éprouve un choc en identifiant l'endroit où, le lendemain matin, Charles dépose Hélène. C'est dans la rue Quentin-Bauchart, une de ces voies bien pratiques pour s'éjecter des Champs et aller se faire oublier sur l'avenue Marceau, entre deux larcins. Il y passe tous les jours ! L'espace d'un instant l'angoisse l'étreint, l'angoisse d'être reconnu.

Charles aussi est inquiet. Après le départ d'Hélène, très nerveux, il sort de sa voiture et va à grands pas jusqu'au coin de la rue, pour vérifier qu'elle se rend bien à l'institut de beauté. Au moins, maintenant, on est sûr qu'il a des soupçons.

Toute la journée, il se traîne au bureau, renvoie de molles répliques à son associé ou à la secrétaire. Les doutes le rongent.

Il n'y tient plus, finit par descendre au café le plus proche et téléphone depuis la cabine du sous-sol :

« Allô, Carita ? Pourrais-je parler à madame Desvallées, s'il vous plaît ? C'est de la part de son mari… Ah ! très bien, tant pis… Non, non, non… ça n'a pas d'importance. Merci. »

La nervosité de l'assureur Desvallées empêche Skip de se débarrasser du malaise qui l'a lui-même saisi en se retrouvant, à l'improviste, rue Quentin-Bauchart. Il espère que les scènes à venir ne l'y ramèneront pas. Savoir que cette peur est irrationnelle n'y change rien. En fin d'après-midi, lorsque la secrétaire introduit Hélène dans le bureau de Charles, on perçoit la gêne de l'épouse. Elle affecte d'être lasse, en vérité elle est sur ses gardes, comme si elle soupçonnait que son mari la soupçonne. Peut-être s'est-elle rendu compte en sortant du taxi, une minute plus tôt, qu'il guettait son arrivée depuis la fenêtre, là-haut. On a vu Charles rabattre le voilage, à l'instant où elle levait les yeux sur la façade de l'immeuble, ce détail a dû l'alerter. Leur dialogue est faussement placide, ils sont à cran.

« Je t'ai téléphoné chez le coiffeur.

– Ah… pourquoi ?

– Pour te prévenir que je finissais assez tôt.

– On ne m'a rien dit.

– Non, tu étais déjà partie.

– Ah oui ! Je suis retournée voir *Le Docteur Jivago.* »

Skip ne connaît pas cette superproduction hollywoodienne, il sait juste que ça dure longtemps, minimum trois heures.

« Ça ne t'avait pas emballée.

– Non, mais j'ai eu envie de le revoir. Je l'ai beaucoup mieux aimé cette fois-ci. »

Charles ne laisse rien paraître. N'y avait-il donc aucune nouveauté à l'affiche ? Il conclut cet échange oppressant par une pirouette : pour une fois, elle n'aura pas besoin de lui raconter le film.

Madame Molyneux remue dans le noir, elle enfile son cardigan. A-t-elle froid ? Skip devine sa nuque, le contour de ses épaules. Il trouve l'histoire du couple Desvallées intéressante, Charles est tout à fait le genre d'homme qu'il apprécierait de détrousser s'il le croisait dans le quartier, et Hélène, une autre de ces bourgeoises inaccessibles, presque trop belle. Il est curieux de découvrir à quoi ressemble l'amant. Rien de cela n'est aussi fort que le désir qui le tarabuste depuis le début de la projection. Connaître les impressions personnelles de la spectatrice assise devant lui. Il voudrait pouvoir considérer les choses à travers ses yeux à elle.

On dit que les gens préfèrent vivre par procuration.

En ce jour d'été radieux, la solitaire madame Molyneux s'est réfugiée dans un ciné. S'il était détective, Skip pourrait écrire dans son rapport qu'il n'a constaté, techniquement, de sa part, vendredi 18 juillet, aucune infidélité. Est-elle venue se repaître du spectacle d'une femme qui joue avec le feu, sans courir le risque de s'y brûler elle-même ? Qu'éprouve-t-elle pour Hélène Desvallées ? De la pitié ? De l'envie ? Ou une émotion d'une nature différente, songe Skip, comme seule une femme peut la ressentir, et qui pour lui restera à jamais hors de portée ?

Il a regardé, l'esprit ailleurs, la scène sur la pelouse où la famille a dîné façon pique-nique, un grand drap blanc étendu dans l'herbe.

Charles, adossé à un arbre, lit le journal pendant qu'Hélène fait réciter à leur fils sa leçon d'histoire. Une fois le gosse expédié au lit, Charles propose qu'un de ces soirs ils réunissent une petite bande pour aller se divertir dans un club. Il cite le King Club, Skip n'y a jamais mis les pieds, c'est dans le 6e arrondissement, un endroit à la mode.

La scène là-bas lui passe aussi un peu au-dessus de la tête. Ces gens ont toujours l'air de mesurer leurs efforts. Même quand ils s'amusent, c'est du bout des doigts. De retour à la maison, Charles, que la soirée a dû vaguement émoustiller, enlace Hélène qui ne s'abandonne pas plus qu'elle ne se dérobe, elle se contente de lui chuchoter dans la pénombre sa crainte que l'enfant les entende. On ne sait s'ils font ou non l'amour, mais l'image suivante montre Charles réveillé à côté de son épouse endormie, et on voit l'angoisse sur son visage.

Skip n'est pas surpris quand Charles se résout à contacter un détective. Il a encore testé Hélène, en faisant appeler chez eux par la secrétaire, sous un prétexte anodin. Celle-ci vient lui annoncer qu'elle n'a eu que la bonne, madame Desvallées étant partie à Paris en fin d'après-midi.

Dès le coup de fil de Charles au détective, un certain Bignon, puis à mesure qu'ils discutent dans le café voisin, Skip éprouve un élan de sympathie envers ce personnage falot. Un collègue, en quelque sorte.

On a déjà compris que Desvallées, par le passé, a utilisé les services de Bignon dans des affaires d'assurance.

« Je suis désolé pour les tableaux, mais je me suis renseigné auprès de tous les experts. Il n'y a pas de doute. Les certificats sont authentiques.

– Oui, oui, je sais. Les tableaux étaient faux, mais les certificats sont authentiques. Enfin !... Ce n'est pas pour ça que je vous ai fait venir. »

Bignon écoute, impassible.

« C'est une affaire privée... Il s'agit d'enquêter sur l'emploi du temps d'une personne. Vous voyez ?

– Oui, monsieur.

– Vous connaissez ma femme ?

– Je l'ai rencontrée deux fois à votre bureau.

– Je voudrais connaître son emploi du temps, quand elle vient à Paris, savoir où elle va, qui elle voit. Enfin, vous comprenez ? »

Le détective accepte le boulot, à contrecœur semble-t-il, parce qu'il ne peut pas refuser. Charles prévient qu'il faudra, quoi qu'il arrive, lui révéler la vérité. Ils décident de se revoir dans quatre jours. Bignon fixera le lieu du rendez-vous.

Le jour dit, l'enquêteur attend son client sur un banc en bord de Seine, du côté de Bir-Hakeim. Charles affecte la décontraction, mais il pose tout de suite la question qui le tenaille :

« Alors, vous avez trouvé ?

– Oui, monsieur. Vous connaissez un monsieur Victor Pegala ?

– C'est lui ?

– Votre femme lui rend visite tous les deux ou trois jours. Elle y reste environ deux heures. Ils ne sortent jamais ensemble.

– Comment est-il ? Vous l'avez vu ?

– J'ai sa photographie. Vous permettez ? »

Charles, impénétrable, contemple le visage de son rival.

« De quoi vit-il ?

– Il écrit un peu. Mais il a une fortune personnelle.

– Où habite-t-il ?

– À Neuilly, 27 rue du Bois-de-Boulogne. »

Le mari trompé sort son portefeuille et compte cinq billets de cent francs, qu'il remet à Bignon. Un mois de salaire pour un ouvrier. Il garde la photo et l'examine longuement après le départ du détective, seul face au fleuve.

Skip se félicite de la confiance placée dans ce Bignon, un individu passe-muraille, comme lui-même s'efforce de l'être. Entre collègues, on apprécie la qualité du travail. Maintenant il va reporter son intérêt sur Pegala, l'amant au visage ténébreux, beaucoup plus séduisant que le fade Charles Desvallées. Est-ce aussi ce que pense madame Molyneux ?

On comprend que le destin des personnages a basculé, que dans la suite du film les choses vont prendre un tour irréparable.

La météo n'est plus la même. Il pleut à verse. Charles, embusqué à un carrefour, face à l'immeuble de Pegala, est trempé. Il assiste, sous ce déluge, à l'arrivée d'un taxi rouge, dont sa femme descend. Elle court jusqu'à l'entrée du 27 pour se mettre à l'abri.

Avec Victor, Hélène paraît plus libre, plus enjouée, mais il y a chez elle un fond de passivité qui subsiste. Bien sûr, Pegala est un homme à femmes. Il ne s'encombre pas de sentimentalité. À le voir évoluer, après l'amour, dans ce petit appartement à l'allure de garçonnière, tandis que sa maîtresse profite encore un peu du lit, Skip ne peut s'empêcher de lui trouver un air de bellâtre, légèrement veule. Il était mieux en photo.

La seconde fois que Charles se rend à Neuilly, le lendemain suppose-t-on, ce n'est pas pour pister Hélène mais pour s'entretenir avec l'amant. Il sonne. Sitôt que la porte s'ouvre, on pressent que la situation sera à l'avantage du mari. Ils n'ont pas encore échangé un mot. Le visage que s'est composé l'assureur est irrésistible : il a un plan et semble se délecter à l'avance de ce qu'il va dire, de ce qu'il va faire. Sa métamorphose est totale. Skip songe que dans la difficulté, comme mû par un réflexe de survie, Charles a remplacé la pusillanimité du mari jaloux par la rouerie machiavélique de l'assureur, prêt à tout pour obliger la partie adverse à se démasquer :

« Monsieur Victor Pegala ?

– C'est à quel sujet ?

– Rassurez-vous. Je ne suis pas un représentant, ni un tapeur, ni un quêteur, ni un huissier.

– Ça me rassure… mais ça ne répond pas à ma question.

– Mmm… c'est extrêmement difficile de répondre à votre question. Par exemple, si je vous dis qui je suis, vous allez vous tromper sur le sens de ma démarche.

– Mais dites-le quand même.

– Je suis le mari d'Hélène.

– Oh là là !

– Non, non… je vous l'ai dit, ne vous trompez pas sur le sens de ma démarche.

– Laissez-moi le temps d'être un peu interloqué. Eh bien, entrez, je vous en prie. »

Jusqu'alors, l'intrigue était si banale qu'il pouvait l'anticiper point par point, son plaisir était de se croire plus malin que les personnages. Tout a changé. Skip s'est raidi sur son siège. Il scrute la physionomie de Desvallées pour deviner ce qu'il manigance, s'étonne de la complaisance des réponses de Pegala. Mais celui-ci a-t-il vraiment le choix ? Il est piégé.

« Je ne sais pas si Hélène vous l'a dit, nous vivons ensemble d'une façon très libre.

– Oh, très bien.

– Je la tiens au courant de ma vie, comme elle me raconte la sienne. Quand elle m'a parlé de vous, j'ai tenu à vous connaître.

– J'en suis enchanté. Un peu, un peu surpris peut-être… Vous savez, on a, on a toujours un peu de scrupule de, de… de coucher avec une femme mariée. On a peur des histoires, des salades… mais là, vous me rassurez.

– D'autant que vous êtes un cas particulier.

– Ah bon ?

– Hélène a bien des aventures. Enfin, sans exagérer. Ce n'est pas Nini Patte-en-l'air… En général, ça ne dure pas plus d'une fois ou deux. Vous êtes un privilégié. »

Skip a entendu un rire nerveux, vite réprimé, lorsque Charles a utilisé l'expression « Nini Patte-en-l'air ». Il est sûr que ça venait du rang de devant, où est assise madame Molyneux.

Le mari a obtenu de l'amant qu'il lui dise dans quelles circonstances il a connu sa femme. C'était trois semaines plus tôt, au cinéma, ils ont engagé la conversation après le film. Ils sont allés prendre un verre. Pegala a donné son adresse, elle est venue le voir, et voilà. Desvallées se comporte comme si le récit de son rival l'enchantait positivement, il lui demande s'il est content de cette nouvelle maîtresse. Pegala répond que oui, il en est satisfait, pas de problème. Poussant son avantage, le mari s'arrange pour que l'amant lui propose de visiter l'appartement. Même la chambre !

Il s'attarde devant le lit défait. Là, on sent qu'il vacille.

De retour dans le salon, Charles paraît pris de malaise, sans qu'on sache si cet étourdissement est sincère, s'il fait partie de la comédie, si le comédien n'est pas dépassé par sa propre comédie. Comment revenir à la réalité ? Il se saisit d'une statuette posée sur un meuble et assomme l'amant, qui s'écroule. L'acte ne semble pas avoir été prémédité, mais le type est mort.

Charles a retrouvé ses esprits. Il ne perd pas de temps, nettoie le sang sur ses mains, sur la statuette, sur le sol, efface partout ses empreintes.

Le cadavre est ficelé dans un drap. Pendant que Charles remet de l'ordre sur la scène de crime, avec la précision d'un professionnel, on remarque un volume de la « Série noire » posé sur une table et des rayonnages garnis de livres de la même collection, près de la porte d'entrée. À quoi ça lui a servi, songe Skip, de lire autant de romans policiers ? Peut-être était-il un bon amant, mais comme écrivain ce Pegala ne devait pas valoir un clou.

C'est une chance que l'appartement soit au rez-de-chaussée dans un quartier tranquille. Charles n'a pas trop de mal à traîner le corps par une porte-fenêtre puis dans l'allée privée qui borde l'immeuble, jusqu'à la grille donnant sur la rue. Il a plus de difficultés pour hisser le paquet dans le coffre de sa voiture. Apparemment, personne ne l'a vu faire. Il démarre et quitte cet endroit de malheur.

Plus tard, près d'un étang isolé, Charles Desvallées extirpe le cadavre du coffre et entreprend de le noyer. On voit le paquet s'enfoncer lentement sous la surface. La nappe de lentilles d'eau se reconstitue, compacte, uniforme, là où le corps a disparu, ni vu ni connu.

Skip ne pourrait dire combien de temps s'est écoulé, entre le moment où Desvallées a pressé le bouton de sonnette chez Pegala et l'engloutissement de ce dernier au fond de l'étang. D'ailleurs, à quelle durée pense-t-il ? La durée de l'action dans le film ? Ou la véritable durée, si les faits s'étaient produits dans la réalité ? C'était une durée sans temps mort, sans possibilité de répit. Skip sait que tout individu, au fond de soi, aspire à vivre pareils instants.

Il regarde la fin sans vraiment s'y intéresser.

Le mari retrouve sa maison, sa femme, son fils, comme si rien ne s'était passé. Deux policiers viennent interroger Hélène, en l'absence de Charles : son nom était dans le carnet d'un homme dont la disparition a été signalée. Ils reviennent, posent d'autres questions, l'air soupçonneux. Le couple fait front, on devine qu'Hélène a compris et surmontera son désarroi en silence. D'un côté elle a perdu son amant, de l'autre elle a regagné un mari. Jamais elle ne l'aurait cru capable de commettre un meurtre. Qu'importe s'il a d'abord agi pour lui, ou pour elle. Ça les ressoude. À moins que ce soit la force invisible des convenances qui reprenne en eux le dessus, sans heurt, sans bruit, exactement comme la pellicule de lentilles d'eau se reforme à la surface d'un étang pour dissimuler ce qui croupit dans les tréfonds.

Madame Molyneux n'attend pas que les lumières se rallument dans la salle. Elle se dresse, six ou sept rangs devant Skip. Son ombre glisse le long des sièges vers l'allée qui mène à la sortie. Skip se lève aussi, sans réfléchir, il la rejoint en quelques enjambées.

Skip débouche dans l'allée obscure à la seconde où madame Molyneux arrive au niveau de sa rangée.

Il ne la touche pas. C'est elle, sentant sa présence, qui allonge un bras et tâtonne dans le noir, pour s'assurer que la voie est libre. Elle attrape son coude, serre par réflexe, comprend sa méprise, s'excuse. Il suffit à Skip d'ôter cette main aux doigts un peu tremblants, aussi délicatement qu'il peut, tout en replaçant la frêle silhouette dans le sens de la marche. Elle finit par lâcher sa main, s'éloigne. Il n'a pas prononcé un mot.

L'alliance n'est pas venue avec la même facilité que celle du mari, mais Skip est certain qu'elle ne s'est aperçue de rien.

Debout sous l'auvent du cinéma, un peu aveuglé par la luminosité, il la voit repartir en direction de l'Étoile. Il aurait terriblement envie de continuer à la suivre, quelque chose en lui s'y refuse. Il pressent, si l'itinéraire de madame Molyneux les ramène vers la rue Quentin-Bauchart ou l'avenue Marceau, qu'un malheur surviendra. Tout le quartier lui semble soudain dangereux et hostile, alors il va à l'opposé, marchant vite, comme s'il prenait la fuite.

Après la place des Ternes, Skip desserre le poing qu'il avait gardé fermé depuis le cinéma. Approchant les yeux, il lit l'inscription gravée à l'intérieur de l'anneau : *1-0-5-Grégoire.* La seconde alliance rejoint la première dans la poche du blouson. Il pousse la porte d'un bar, descend aux lavabos. Il est en sueur. Ça ne va pas.

Adossé au carrelage, au bas de l'escalier, il surveille ce qui se passe à l'étage, dans l'étroit périmètre visible : à cette heure creuse de l'après-midi, il n'y a pas beaucoup de clientèle. Il remontera quand il sera calmé.

Attablé côté rue avec une Williamine, il s'efforce de maîtriser ses nerfs en gardant un œil sur la circulation au-dehors. À chaque voiture qui freine devant le café, ou quand un piéton ralentit et tourne la tête vers lui, un début de panique l'envahit.

Il décide d'aller à son hôtel, ce n'est plus possible qu'il traîne avec ces alliances dans la poche.

Ce serait direct en métro par la ligne 2, six ou sept stations selon qu'il descende à Blanche ou à Pigalle, un trajet d'un quart d'heure, vingt minutes maxi, mais il ne veut s'enfermer ni dans un wagon de métro ni dans un bus. Pas le moment de faire une mauvaise rencontre, qu'une ancienne victime l'alpague sans moyen de s'échapper, et ameute le reste du compartiment. Il fera comme il fait toujours : un tronçon sur le boulevard, quelques zigzags par les rues adjacentes, un autre tronçon de boulevard.

Skip déteste remuer le passé. À quoi bon ? Avant l'âge de dix-sept ans, il n'a aucun bon souvenir. Un gosse de Cambrai, désireux de s'enfuir, avait le choix entre Bruxelles et Paris. Bruxelles, c'était cent cinquante kilomètres et une frontière à franchir. Paris, deux cents kilomètres mais pas de frontière. Surtout, Paris avait la réputation d'être une capitale immense, il serait plus facile de s'y perdre. Un dimanche matin il est arrivé porte de Clignancourt, après avoir voyagé toute la nuit. Sa découverte de Paris, ç'a été ce marché aux puces, une ville dans la ville, un capharnaüm de coins et de recoins, les stands de fripes l'ont tout de suite attiré, les chemises blanches et complets veston qui paraissaient comme neufs, et les chapeaux de feutre empilés par dizaines dont les marchands faisaient des tours de Pise branlantes sur leurs étals. En 1956 tous les hommes portaient des chapeaux. Quel meilleur endroit pour un petit débrouillard sans le sou ?

C'est là, le premier jour, qu'il a rencontré son initiateur.

Il paie sa Williamine à la caisse, au bout du comptoir.

« Mettez-moi aussi un paquet de Player's. »

En général, il ne fume pas. Un pickpocket sérieux ne s'encombre pas les poches avec des cigarettes et des allumettes. Quand il fume, c'est seulement pour faire passer la nervosité et il choisit toujours des Player's. Il en allume une au coin de la rue de Courcelles. Le reflet dans la vitrine du quincaillier montre un grand jeune homme mince, aux cheveux clairs. Est-il beau ? Un peu trop beau pour ne pas être remarqué, ce qui est un inconvénient, mais pas non plus irrésistible au point qu'une fille comme Marianne lui tombe dans les bras. Il se souvient d'une chose qu'a dite Armand, son initiateur : « Toi tu as un air honnête. » Malgré ce qu'est devenue sa vie, Skip sait avoir conservé cette apparence d'honnêteté.

« Tu vas faire une bêtise. »

Le type qui venait de l'apostropher, sapé avec classe, ne semblait pas lui vouloir de mal. La voix était amicale. Il avait repéré son manège dans le dos du vendeur, autour de la boîte de métal où était rangé l'argent. L'homme l'a attiré à l'écart sans cesser de parler, sa poigne était ferme, mais pas comme l'aurait été celle d'un flic. Il a demandé s'il avait faim, s'il savait où dormir. Skip, que personne n'appelait encore Skip, a répondu la vérité. Oui, il était affamé. Non, il n'avait nulle part où aller.

Au snack-buvette où il dévorait son hot dog, le premier conseil que lui a donné Armand, c'est de regarder au bon endroit.

« Si tu n'apprends pas à regarder, n'essaie même pas de voler. Vois ce qui a failli arriver tout à l'heure. Tu ne t'es pas rendu compte que ton pigeon avait des yeux derrière la tête, pas vrai ? Ni que je t'observais ? Dis-moi : si ç'avait été quelqu'un de la police à ma place, où serais-tu maintenant ?

– Au commissariat. »

La foule du marché aux puces offrait un panorama assez complet des agissements humains, si on y était attentif. Les miséreux en quête d'objets de rebut, une casserole, un réchaud, un manteau épais pour l'hiver, croisaient dans les allées des messieurs bien mis, venus chiner des livres rares, des pendules anciennes, n'importe quelle vieillerie qui pourrait avoir de la valeur. Certains se laissaient distraire par les marchandises exposées et le baratin des camelots, d'autres, plutôt méfiants, craignaient que le vendeur les entourloupe et oubliaient de surveiller leurs arrières. Pourquoi Armand lui montrait-il tout ça ?

« Tu veux gagner ta vie ?

– J'aimerais bien. »

Dans la cohue, il y avait aussi des indics, et des sournois à la main baladeuse, mais ceux-là c'est autre chose qu'ils cherchaient à palper. Le tenancier de la buvette servait un café très fort, qu'il fallait accompagner de beignets huileux, pour éviter, disait Armand, que « sa chicasse nous troue le bide ». Skip n'est jamais retourné aux puces sans faire une halte café-beignets chez Bazacle. Pour dire la vérité, il est arrivé plus d'une fois qu'il fasse le chemin exprès. Le café-beignets du dimanche matin est l'une des conséquences heureuses de sa rencontre avec Armand. Le déguster en se régalant du spectacle de la faune de Clignancourt a été sa première joie d'enfant, sauf qu'il n'était plus un enfant.

Demain il regardera les annonces dans *France-Soir*, si ça se trouve les Molyneux proposeront une double prime. Il a été imprudent avec cette guichetière corse. Qu'est-ce qui lui a pris ? Pourvu qu'on n'aille pas l'interroger, pourvu qu'elle ne soit pas physionomiste. Elle le scrutait, ça c'est sûr, elle devait s'imaginer des trucs.

Il a travaillé pendant quatre ans pour Armand, au début il logeait chez lui. L'homme vivait de petits trafics, mais rechignait à se salir les mains : il envoyait le gamin faire les commissions.

Les affaires se concentraient au nord de Paris. Skip a appris à connaître ces quartiers mieux que personne. Depuis ça le rassure de crécher par là. Pas un raccourci, une cour où jouer à saute-muraille, un immeuble avec entrée de service qu'il n'ait exploré. Dans les 9e, 10e, 18e arrondissements et même en débordant sur les zones limitrophes, avec cinq mètres d'avance, aujourd'hui encore il peut semer n'importe quel poursuivant.

Armand était du genre touche-à-tout. Le seul commerce qui le rebutait, c'était les putes. Ça ne le gênait pas que des filles se prostituent, mais il n'avait que mépris pour leur clientèle, composée, disait-il, à cinquante pour cent de frustrés, pour l'autre moitié de salauds, et par-dessus tout il exécrait les souteneurs. Il avait été joueur, turfiste, pickpocket, braqueur, avec l'âge il se spécialisait dans le recel et les livraisons.

Au retour des commissions, quand il rejoignait Armand dans son gourbi de la rue du Simplon et lui remettait l'argent, il le trouvait toujours de bonne humeur. Armand racontait très bien les histoires : des arnaques dans les salles de jeu, des embrouilles sur les champs de courses, dont quelques-unes si fameuses que Skip les a souvent réentendues, mais pas avec autant de verve ni le même talent pour amener la chute. Tout ce qui touchait aux procédés et astuces des pickpockets le captivait.

Le jour où Armand a fait une démonstration, d'abord le coup du journal, puis en demandant qu'il lui donne l'heure, ceci pour subtiliser son Bic, avant de le réintroduire tout aussi discrètement dans sa poche, Skip s'est presque mis à genoux pour supplier qu'il lui apprenne.

Alors qu'il approche de l'hôtel, deux détails le font tiquer. Plus que ces détails, c'est leur conjonction qui est louche. Un inconnu appuyé dans l'embrasure de l'entrée, en l'apercevant, se retire avec précipitation dans le hall. Au même instant, en faction sur le trottoir d'en face, le patron du bistrot bat également en retraite, comme s'ils s'étaient donné le mot.

Skip hésite une demi-seconde.

Il tourne les talons. Passé le coin de la rue, il accélère. Il vérifie dans le rétro d'une fourgonnette qu'il n'est pas suivi. Devant ça semble dégagé. Par précaution il enfile trois autres rues en prenant toujours à droite, de façon à avoir en ligne de mire la rue de son hôtel, mais cette fois par le côté opposé à celui où on l'a vu s'enfuir. Calme plat. Peut-être s'est-il affolé pour rien.

Si cette Corse est physionomiste, elle a pu aider les poulets à établir un portrait-robot ressemblant. Si le portrait est arrivé sous les yeux du cafetier et des gens de l'hôtel, la souricière est déjà en place. Pour en avoir le cœur net, il faudrait envoyer quelqu'un en éclaireur, s'assurer que la chambre n'a pas été visitée.

Il va pousser jusqu'à Pigalle. En ce moment les Corses ne lui portent pas chance, il écarte les frères Castelli et Ceccaldi. C'est vite vu : il reste le Duc. Le Génois. Chiesa.

Chiesa ne bougera pas les fesses de sa chaise, mais sera de bon conseil. Le mieux ce serait une femme. Chiesa vit entouré de femmes, il en trouvera une qui n'a jamais entendu parler de Skip. Chiesa lui indiquera l'adresse, la fille pointera son nez à l'hôtel et toquera à la porte. Si ça ne réagit pas, elle glissera dessous une enveloppe en prenant soin d'en laisser dépasser un bout dans le couloir. S'il ne se produit toujours rien, elle ouvrira et inspectera les lieux. S'il y a du monde dans la piaule, elle prétendra s'être trompée d'étage. S'ils la cuisinent, de toute manière elle n'aura rien à dire. Chiesa aura peut-être un meilleur plan. Quelle plaie de devoir demander ce genre de service.

Les gens normaux, songe Skip, peuvent rentrer chez eux normalement. Quelqu'un a dit cela devant lui, il y a un bail. Impossible de se souvenir qui c'était. *Les gens normaux peuvent rentrer chez eux normalement.* Sauf quand leur immeuble explose, comme rue Bichat. Cette pensée ne le réconforte qu'à moitié. Hier il aurait été mieux avisé de suivre sa première intuition en allant d'abord là-bas, ça aurait rapporté quelques sous. Après son lamentable coup de fil au bureau de Molyneux, il avait les jambes sciées et n'était bon qu'à retourner sur son lit pour fixer le plafond. Ce qui le démoralise le plus, c'est de ne pas avoir assez de fric en poche pour s'offrir un autre hôtel. Il ne va quand même pas taper Chiesa ? Lui rendre visite est déjà trop. Dépouiller un touriste à Pigalle, vite fait ? Il ne se sent pas le courage.

Armand lui paraissait vieux à l'époque, il n'avait que quarante ans. Il jouait un peu au grand frère, un peu beaucoup, mais il lui manque.

C'était un drôle de gars. Misanthrope au dernier degré, altruiste au-delà du raisonnable. Quand Skip a voulu monter en grade, Armand n'était pas enchanté de perdre son garçon de courses, il aurait pu le dissuader, poser des conditions, il l'a encouragé. En facilitant l'avenir de Skip, il a négligé sa propre sécurité, et ça s'est mal terminé.

Dans ce milieu, hormis les grands pontes et quelques cinglés, ils disent tous qu'ils vont arrêter, demain, après-demain, l'année prochaine. Leur rêve, apparemment, est toujours le même : une bicoque à la campagne, avec une rivière qui coule au bas du terrain, pour taquiner le goujon. Chiesa n'est pas vraiment cinglé, ni un grand ponte. Ses amis le disent habile, ses ennemis le jugent machiavélique. Au moins, il ne parle pas de se mettre à la pêche à la ligne. Chez la plupart, ça reste des mots en l'air, ils finissent là où ils avaient la hantise de finir : en tôle ou à la morgue.

À dix-sept ans, il a voulu connaître la liberté. À vingt et un, gagner du pognon et tant pis pour l'indépendance. Ensuite, être son propre chef et tant pis si ça ramène moins de pognon.

Skip songe qu'il a vécu trop vite. Trente ans c'est jeune, pour arriver à la conclusion que tout est illusoire. Il se sent coincé. Après le film, son désir était d'aller là où irait madame Molyneux, il s'est défilé. Maintenant il a besoin de causer à Chiesa, mais ça lui noue les tripes, il y va à reculons. Il sait ce qu'aurait dit Armand : « T'as peur de suivre une femme dans la rue ? Peur de rentrer chez toi ? Peur des collègues ? T'es pas dans la merde, mon pote. » La lucidité d'Armand ne l'a pas empêché de se planter. Skip suppose que ça aussi fait partie de la leçon.

L'activité de livreur, en plus de lui faire découvrir la ville, permettait de se faufiler dans des endroits et chez des gens dont Skip n'imaginait même pas qu'ils puissent exister. Pour les livraisons risquées, Armand se montrait souvent facétieux dans le choix du lieu de rendez-vous. Un client retors, mieux valait le rencontrer hors de chez lui, quelque part où il y aurait trop de monde pour qu'il tente un mauvais coup.

Une fois, la transaction s'est faite dans un cirque.

C'était un dimanche après-midi. Le paquet n'était pas encombrant, mais l'intermédiaire oui : cent trente kilos et la réputation de tout démolir sur son passage. Ses patrons avaient de gros moyens, de gros besoins. Et ce molosse pour assurer l'intendance. Armand avait averti :

« S'ils peuvent ne pas payer, ils ne paient pas. »

Armand avait exposé son idée, aussi amusante qu'ingénieuse, et promis qu'il n'arriverait rien de fâcheux si Skip faisait exactement ce qui était prévu. Il avait devancé sa question sur le contenu du paquet :

« De l'héroïne. »

Skip se souvient que ç'a été son premier contact avec la came. Il ignorait tout de ce monde. À l'époque il découvrait tous les jours de nouveaux mots. *Héroïne* était un mot nouveau, agréable à entendre.

Le cirque Lindon, un petit cirque familial, avait planté son chapiteau à côté des abattoirs de la Villette. Durant l'Occupation, Armand et le dresseur de fauves, Jo Lindon, qui deviendrait bientôt le directeur du cirque, avaient prêté la main à quelques actions d'un groupe de résistants. Leur amitié avait survécu à la fin de la guerre. Chaque automne, quand le cirque prenait ses quartiers à Paris, Armand assistait à la première représentation, ensuite il soupait avec Jo et la troupe. Le dompteur était informé des trafics d'Armand, il les désapprouvait, détestait que son compagnon de jeunesse lui réclame des services, mais finissait toujours par dire oui, sans oublier de faire la morale.

Avec ses rayures bleues et blanches, le chapiteau était austère. Une fois à l'intérieur on était surpris par son exiguïté. La piste ne devait pas dépasser les huit mètres de diamètre. Autour, sur plusieurs étages de gradins, étaient disposés des bancs dont des coussins compensaient en partie l'inconfort. Les genoux de la personne assise derrière martyrisaient votre dos, vos propres genoux s'enfonçaient dans celui de la personne assise devant. Pour les gros, c'était un supplice, et dans les rangs du dessous, où qu'on regarde, il y avait un type trop grand qui obstruait le champ de vision. À part ça, le spectacle était magnifique. Il s'ouvrait avec les fauves, si beaux, si obéissants. Les coups de fouet de Jo Lindon retentissent dans la tête de Skip, rien que d'y penser.

Si Armand n'avait pas vendu la mèche, comment aurait-il deviné que ce dompteur était aussi le personnage à la face de plâtre, dans le numéro des clowns ?

Armand disait vrai, la transaction n'était qu'une formalité. Le molosse, forçant toute une rangée de spectateurs à se lever, est venu s'asseoir à la dernière place libre, à côté de Skip. Surpris qu'on lui ait envoyé un gamin, l'homme a entrebâillé à contrecœur une pochette remplie de billets Henri IV neufs. Le ton était agressif :

« Où est le colis ?

– Vous êtes assis dessus, monsieur. »

Il a fouillé sous le coussin. Skip s'est emparé de la pochette. Le tigre et Jo Lindon sont entrés dans la cage. L'homme a obligé le public à se lever une seconde fois. Pendant la représentation, Skip a serré très fort l'argent contre lui. Comme le café-beignets chez Bazacle, ce dimanche au cirque a été l'une de ses joies d'enfant, juste un peu trop tardive.

Les livraisons de dope, héroïne ou autre, restaient occasionnelles. Armand n'était qu'un sous-traitant. Ces paquets-là, au sein du trafic général, étaient les plus petits, mais ceux qu'on échangeait contre le plus d'argent. Ça l'avait fait réfléchir. Pourquoi ne pas se spécialiser ? Armand y était opposé. Au nom de la sacro-sainte sécurité.

Armand ne l'avouait pas, et Skip ne le comprend qu'aujourd'hui : la peur le paralysait. Est-ce le mal qui guette et rattrape tôt ou tard tous les truands ? En 1957, au cirque Lindon, il avait éprouvé de la curiosité, de l'excitation, rien qui ressemble à de la peur. Parcourir les trois cents mètres qui le séparent de Pigalle suffit maintenant à lui mettre les jambes en coton.

C'est quand même pas la Williamine ou une pauvre cigarette qui lui font cet effet ? Et cette transpiration, il ne va pas incriminer la chaleur, le fait d'avoir couru, jamais il ne dégouline comme ça.

Merde. Qu'est-ce qui lui arrive ?

À ce train-là, songe Skip, autant filer directement aux puces, en espérant y trouver un gosse en détresse qui fera à sa place toutes les commissions. Il se fixe un ultimatum : s'il a une meilleure idée avant d'arriver chez Chiesa, il bifurque. S'il n'en a pas : ce sera le Génois, à ses risques et périls.

Quel dommage qu'on ne soit pas déjà en septembre. Le chapiteau bleu et blanc ferait sa réapparition à la Villette. Il se présenterait au directeur du cirque, en se recommandant du pauvre Armand. Il expliquerait son problème et le rigoureux Lindon, sans omettre la petite leçon de morale, débrouillerait l'affaire.

Bon, il ne va pas attendre l'automne pour récupérer sa valise, mais s'il se tire honorablement de cette histoire, se jure-t-il, le premier dimanche il ira admirer le lion qui rugit, le tigre du Bengale qui bondit à travers des cerceaux de feu, et applaudir le couple de trapézistes, la propre fille, le propre fils de Jo Lindon, avait dit Armand. Il ira en bon citoyen, sans essayer de voler les gens. À la roulotte qui sert de caisse, lorsque ce sera son tour de payer son ticket, il prendra aussi des pralines. Comme du fouet qui cinglait dans la cage aux fauves, Skip se souvient du froissement ininterrompu des sachets de cellophane et de son regret, ce dimanche-là, de ne pas avoir eu le sien.

Beaucoup de fric transitait entre les mains d'Armand, ça oui, mais ses appointements étaient à peine suffisants pour vivre, avec les mêmes fins de mois difficiles que pour n'importe qui. Fin de mois, façon de parler. Pour un truand, les semaines ne démarrent pas le lundi et ne se terminent pas le dimanche, les mois ne durent pas trente jours. Le seul moment dans la vie d'un délinquant où son horloge se remet à l'heure commune, c'est quand le juge prononce la sentence.

Skip ne recevait que des miettes.

Armand parlait de « dédommagement » pour les services qu'il lui rendait. Malgré son jeune âge, il comprenait bien que ça n'était pas de l'avarice. L'homme était généreux, il lui enseignait le métier, les ficelles des pickpockets, seulement il n'avait pas de quoi s'offrir un assistant. Skip se reproche encore de l'avoir lâché.

Un soir, au retour d'une autre course minable, dans le salon aux rideaux toujours tirés de la rue du Simplon, il a présenté sa démission :

« Je ne veux pas dire que tu ne pourras jamais rien me demander. J'ai besoin d'argent, tu le comprends, n'est-ce pas ?

– T'es majeur. Normal que tu veuilles t'établir. Comment tu vois ça, pratiquement ?

– Les Ceccaldi ont du travail pour moi.

– Je les aime bien. Ils font de bonnes affaires. En prenant beaucoup de risques. T'es au courant qu'ils ont plusieurs associés en cabane ? C'est pour ça qu'ils embauchent.

– Je me donne un an, après je monte ma propre boutique. »

Armand n'a pas commenté. En quatre ans de collaboration, il n'y avait pas eu un seul pépin. Pour chaque livraison, Armand imposait des règles de prudence très strictes, Skip les respectait scrupuleusement. La doctrine était qu'on ne protège pas la marchandise au détriment du livreur, ou le livreur au détriment du client, ou le client au détriment de la marchandise. Tant que la sécurité de l'ensemble n'est pas garantie, rien ni personne n'est protégé. Armand savait que Skip, en bossant pour d'autres patrons, ne dévierait pas de ce principe. Comment aurait-il pu imaginer, lui, que son mentor allait s'en affranchir sitôt qu'il aurait le dos tourné, par fatigue, paresse ou volonté suicidaire ?

Les Ceccaldi, les Castelli, le Duc, tous lui ont reproché sa manière de travailler. Le Duc employait le mot « chinoiseries », avec une petite grimace. Les Corses, plus rugueux, le traitaient d'obsédé, de maniaque. Trop de détours et d'attention portée à des détails insignifiants, peu à peu on l'a laissé mener ses affaires à sa guise mais plus aucun ne voulait faire équipe avec lui.

Il était solitaire dans la vie et l'est vite redevenu dans le boulot, comme à l'époque d'Armand. Moqueur, Hennepin ne l'avait pas loupé devant Marianne et le reste de la bande. « Voilà notre vieux garçon », entre autres amabilités. Marianne, il ne l'avait jamais vue, elle avait quoi, vingt ans ? Pas difficile de deviner qu'elle était anglaise, son visage était doux, timide, ravissant. Elle n'avait pas la nonchalance dédaigneuse des amis habituels d'Hennepin, elle s'est décalée pour libérer un coin du divan, comme s'il était un invité parmi d'autres. Elle a rempli un verre et l'a gentiment placé dans sa main, pour le mettre en confiance et peut-être un peu plus.

On percevait, en chacun de ses gestes, la bonne éducation. Marianne ne parlait pas le français, mais elle le comprenait. C'est lui, surtout, qui a fait la conversation ce soir-là, des énoncés simples, auxquels Marianne acquiesçait avec des oh, des ah, et ce sourire blond et rose qu'il n'est pas près d'oublier. Il a passé la nuit là-bas, sans décoller du divan. Marianne avait le bout du nez couvert de poudre, ça scintillait.

Leur baiser a été le fruit d'une inspiration subite. Skip ne se souvient plus si c'est elle ou lui qui en a pris l'initiative.

Ils se sont beaucoup revus ensuite. Il la fournissait quand elle séjournait à Paris, sa consommation était délirante. Marianne restait douce et charmante, mais Skip ne s'attardait plus, elle ne le proposait pas, il était évident qu'entre eux il n'y aurait plus d'étreinte ni de baiser.

Chaque fois qu'il songe à Marianne, les mêmes pensées reviennent, dans le même ordre. Il doit la voir, lui parler. Il faut qu'il aille à Londres. Là-bas, il y a un quartier, Camden Town, l'équivalent des puces de Clignancourt, un bon point de départ pour une nouvelle vie. Pickpocket d'un côté ou de l'autre de la Manche, quelle différence ?

Elle ignore qu'il a changé de métier. Recommencera-t-il à lui procurer de la poudre, si elle le lui demande ? C'est toujours à ce moment que son ventre se noue : il sait qu'elle demandera, il sait ce qu'il répondra, il sait comment ça finira. Le bout du nez, telle une friandise, semblait être orné de sucre glace. Il avait envie de lécher cet adorable appendice. Elle a cru qu'il regardait sa bouche et n'osait pas. Le baiser, qu'elle l'ait provoqué ou accepté, n'était rien de plus qu'un remerciement. Avec amertume, il se dit que Marianne aura le temps de décrocher dix fois de la came, avant qu'il puisse oublier ce baiser de rien du tout et ses promesses sans lendemain. Il se dit, en arrivant chez Chiesa, qu'il serait moins à cran pour sa fichue valise si elle ne contenait pas la photo de Marianne. Il s'effraie que son existence soit aussi vide. Il sent monter des larmes de rage. Il s'en veut à mort pour Armand.

Le téléphone sonne sans arrêt depuis ce matin, et bien sûr ça tombe le jour où la secrétaire est à Milan. La comptable qui dépanne au standard ne connaît pas les gens, ni les dossiers. La désorganisation est totale.

« Monsieur Molyneux, votre épouse est en ligne. »

Grégoire est surpris. Katerine n'appelle jamais au bureau.

« Chérie, que se passe-t-il ? »

Il perçoit son effort pour se maîtriser.

« Tu ne vas pas le croire.

– Ma journée n'a ni queue ni tête. Au point où j'en suis, je peux tout entendre.

– J'ai perdu mon alliance. »

Grégoire pense qu'elle plaisante.

« J'en suis malade.

– Mais où, quand, comment ?

– Si je le savais ! »

Elle soupire longuement. Katerine déteste l'imprévu, elle n'aime pas que les situations lui échappent. Grégoire devine ce qu'elle ressent : une humiliation insupportable. Il dit, faute d'avoir une meilleure idée :

« Au moins, cela nous remet à égalité.

– Tu es gentil. »

Avec Katerine, être gentil n'a jamais suffi. Il ajoute :

« Si je n'avais pas égaré la mienne, tu n'aurais pas perdu la tienne, c'est évident, non ? J'ignore comment on peut expliquer ce… hasard. Je suppose qu'il vaut mieux ne pas chercher à l'expliquer.

– Que veux-tu dire ?

– Cela nous mènerait trop loin.

– Nous en parlerons ce soir, si tu n'as pas le temps tout de suite. Que va-t-on faire ? »

Le désarroi de Katerine est palpable, et c'est une chose si rare, chez elle, d'apparaître fragile, que Grégoire se sent parcouru d'une étrange allégresse. Il n'a plus du tout envie de raccrocher.

« D'où me téléphones-tu ? »

Elle donne le nom d'un salon de thé, à la Muette, connu pour la qualité de sa pâtisserie. Katerine choisit toujours le financier. D'abord, elle n'avait pas voulu l'écouter quand il avait dit que le financier s'appelle le financier à cause de sa forme de petit lingot doré. Interrogée, la gérante du salon avait confirmé l'origine du terme. Plus tard, Katerine a avoué qu'elle vérifie ce qu'il raconte chaque fois qu'elle le peut, même après autant d'années de vie commune. Elle apprécie qu'il ait toujours l'air d'improviser des histoires, pour l'épater et la divertir, mais s'en voudrait de garder en tête de fausses explications. Et puis, savoir qu'il a dit vrai lui procure un second plaisir. Le plaisir d'être mariée à un homme qui connaît plein de choses inutiles.

Il sait qu'elle proposera de refaire leurs anneaux à l'identique, si elle ne l'a pas déjà décidé. Il tentera de la convaincre que c'est absurde. On célèbre trois ou quatre cent mille mariages par an. Combien de ces couples peuvent se vanter d'une volatilisation, pour ainsi dire simultanée, de leurs alliances ? Il tentera de la persuader que la valeur de l'événement tient à son apparence surnaturelle. N'est-ce pas *surnaturel*... Il aura du mal à garder son sérieux en prononçant ce mot, il se doute que pareille considération n'a aucune chance d'émouvoir une femme aussi rationnelle que Katerine, mais comme elle tolère ses discours, et même les encourage, pourquoi se gênerait-il ? Qu'importe s'il la persuade ou non, il essaiera seulement de faire valoir la beauté de l'acte : elle a perdu son alliance par amour, puisqu'il venait de perdre la sienne par négligence. Il y a deux jours, il désirait à toute force que ce soit une péripétie dépourvue de sens, maintenant il a envie de lui démontrer l'exact inverse. Il voudrait l'avoir rejointe boulevard Suchet, et se servir un alcool, et attaquer tout de suite son numéro.

« Je serai là plus tôt, ce soir.

– Grégoire, je ne suis pas désespérée à ce point !

– Moi si. La nouvelle secrétaire a accompagné Chevalier en Italie, ils sont partis ce matin. On a des problèmes là-bas. Cette fille mérite de prendre du galon, mais c'était une erreur de l'envoyer à Milan. J'ai besoin d'elle ici : s'il n'y a personne pour filtrer intelligemment, je suis harcelé, tu n'imagines pas. Un type de Marseille m'a appelé six fois aujourd'hui, et six fois on m'a passé la communication ! Je ne sais même plus de quoi cet imbécile voulait me parler. Je ne m'explique pas cette inflation des échanges téléphoniques, ni celle, d'ailleurs, des flux postaux. Antoine pense que dans le futur, l'argent se gagnera là. Ce doit être sensé, tellement cela paraît insensé.

– Quand rentre-t-elle ?

– Ils seront de retour lundi.

– Et amoureux, peut-être. Est-ce ton intention de les pousser dans les bras l'un de l'autre ?

– Aucun danger. Chevalier n'est pas du tout son genre. »

Katerine fait entendre un rire bref. Ce rire est difficile à interpréter, il n'a pas la même signification selon qu'elle le place avant la réplique, ou après.

« Tu sembles bien sûr de toi.

– Je connais Chevalier, malheureusement.

– Mais elle, la connais-tu ? N'as-tu pas dit qu'elle vient d'arriver ? Je suppose qu'elle est jeune, très jolie…

– Jeune, oui. Jolie, non. »

Grégoire est effaré de s'entendre commenter le physique et les possibles amourettes de la secrétaire, alors que le standard est en feu. Il hésite, il aurait l'impression de manquer de loyauté envers mademoiselle Méry s'il n'ajoutait pas quelque chose en sa faveur.

« Je ne peux pas prétendre qu'elle soit jolie, mais elle a, comme on dit, un visage intéressant. Et aussi une coiffure particulière, je ne suis pas certain que tu aimerais.

– Qu'aurait-elle pour me déplaire, cette coiffure ?

– La coupe n'est pas symétrique, il y a davantage de cheveux d'un côté que de l'autre.

– Oh ! Elle a eu affaire à un visagiste. »

On toque à la porte, il dit d'entrer, la comptable introduit timidement sa tête : les appels s'accumulent, communications urgentes, des réponses sont attendues avant ce soir... Grégoire explose :

« Pas le Méridional, j'espère !

– Non, pas lui. »

Katerine intervient :

« Je vois que tu es débordé, je te laisse. »

Grégoire éloigne la comptable, avec un geste de la main.

« Tu n'as donc pas la moindre idée de l'endroit et du moment où tu as pu la perdre ?

– Je sais comment je m'en suis aperçue.

– Raconte-moi.

– Tu ne veux pas attendre ce soir ?

– Je préfère maintenant.

– En sortant du Mac-Mahon, où j'ai revu *La Femme infidèle*. J'étais si soulagée, de ne pas être cette femme dont la trahison a causé la mort d'un homme et transformé son propre mari en meurtrier, que j'ai eu le réflexe de regarder mon alliance, comme pour me conforter dans l'idée que ma vie à moi repose sur du solide. Évidemment, je n'ai pu en croire mes yeux... J'ai regardé l'annulaire de l'autre main, espérant sans doute un miracle. Ensuite seulement j'ai paniqué.

– Où étais-tu, devant le cinéma ?

– J'avais déjà beaucoup marché, j'arrivais au bout de la rue des Sablons. Je me suis précipitée ici, pour t'appeler.

– Tu ne m'avais pas dit que le mari trucide l'amant. Combien de fois as-tu vu ce film ?

– Quatre fois.

– Tu es sa plus fidèle spectatrice.

– Je n'irai plus, c'est fini. »

Il la désire à l'instant où il entend ces mots, lâchés sur un ton où se mêlent la fierté et le dépit, sa distinction de femme bien élevée, mais aussi la honte de l'enfant prise en faute, qui a fait quelque chose de sale. Ces mêmes mots, sur le même ton, entendus ailleurs qu'au bureau, lui feraient-ils le même effet ?

« Tu sais, je me demande si je n'ai pas attrapé sans le vouloir ton geste de remonter l'alliance sur le doigt. »

Grégoire, accaparé par d'autres pensées, n'écoute plus vraiment. Elle poursuit avec un débit saccadé, comme si elle était oppressée :

« Je me suis surprise à le faire une ou deux fois, hier. Je ne sais si c'est une habitude que j'avais déjà, sans en être consciente ? Mon père reprochait à ma mère de provoquer des catastrophes par excès de précaution. À force de la toucher pour la remettre en place, crois-tu que j'aie pu l'enlever par mégarde, au cinéma, dans la rue ? C'est ce qui a dû se produire, je l'ai ôtée moi-même, c'est le plus vraisemblable… »

Elle vient de mentionner Edward et Mary Hazlehurst. Des années que cela n'est pas arrivé. Grégoire dresse l'oreille.

« Nous n'avons pas le choix : demain nous irons chez le bijoutier, pour en commander de nouvelles. »

Arrivé chez Chiesa, Skip n'a pas la force de presser la sonnette. Discuter, s'expliquer, remercier, c'est au-dessus de ses moyens. Il va aller rue Bichat, un immeuble dévasté attire toujours quelques curieux.

Un portefeuille, un seul.

Il dînera au Terminus Nord. Des huîtres avec du sancerre. Il prendra une chambre à l'hôtel Kuntz, rue des Deux-Gares. La nuit porte conseil. Demain il fera jour. Quelles conneries, ces maximes. La nuit porte conseil ? Pas pour un insomniaque. Demain il fera jour ? Pas pour l'insomniaque qui tombe de fatigue et pionce tout son soûl de l'aube jusqu'à midi. Skip se connaît : même en parcourant ces kilomètres dans Paris, pas sûr qu'il réussisse à fermer l'œil. Leur sancerre n'est pas mauvais au Terminus Nord, ça aidera un peu.

Changer d'hôtel, de ville, de pays, tout recommencer pour quand même revenir à la case départ ?

Ce serait tellement simple si rien n'avait existé avant. La famille censée te protéger du mal, soi-disant. Il a cru qu'en n'en parlant jamais, à personne, cela s'effacerait de sa mémoire. La chose ne s'efface pas. Avec le temps, ses bords deviennent plus coupants et c'est pire. Les sales jours, il a l'impression de vivre avec un truc tranchant à l'intérieur du crâne. Les autres pensées ne doivent pas s'en approcher. Sinon, tout saigne.

Quand ça bardait trop, il s'enfuyait.

Autrefois il longeait le canal. Il aimait sa monotonie, il avait entendu dire qu'en le longeant jusqu'au bout, on arrivait à la mer du Nord. Le plus loin qu'il soit allé, c'est à Denain, il avait marché tout le jour. Le soir on l'a repris. C'était facile de le reprendre, il suffisait de suivre le canal. La fois où il est parti dans l'autre sens, il n'a pas été repris.

Même si ça ne dure pas, la sensation d'abandonner le passé derrière soi apporte un réconfort. Il a été soulagé de quitter Cambrai, sans se demander comment il se débrouillerait pour survivre dans une ville inconnue, ignorant qu'il y rencontrerait Armand. Il a été content de prendre ses distances avec lui, persuadé de connaître ainsi la prospérité. Après Marianne, acheminer de la poudre à gauche et à droite lui est devenu insupportable, et il a cru trouver la liberté en rompant ses liens avec les Corses et le Génois. Le répit a été de courte durée : un an. Peut-être est-ce la vie qui l'attend, quoi qu'il fasse ? Être rattrapé par ce qu'il laisse derrière lui, et devoir recommencer. D'un côté, il est rattrapé. De l'autre, il invente toujours une solution pour s'offrir un répit. La deuxième Player's est plus agréable que la première.

Il n'en parle pas, évite d'y penser, ne peut faire comme si ça n'avait pas eu lieu. S'il est impossible de vivre sans, et illusoire de lutter contre, quelles possibilités reste-t-il ? Une petite frappe de sa connaissance prétend que les malheurs d'enfance sont bien utiles le jour où l'avocat essaie de te sortir du pétrin. Jamais il n'ira pleurer chez un avocat. Une autre bonne raison de ne pas se faire choper.

Au carrefour de la rue La Fayette et de la rue du Faubourg-Poissonnière, quand il s'engage dans la rue de Chabrol, son pouls s'accélère brutalement. Il finit par comprendre. Ça le fait marrer. Les occasions de rire n'ont pas été nombreuses aujourd'hui. Dans le film, le mari a essuyé tous les objets, toutes les surfaces où il aurait pu déposer ses empreintes. Personne ne l'a vu entrer chez l'amant ni en ressortir. Il a lesté le cadavre avec une grosse pierre avant de le plonger dans l'étang. Quelle preuve les enquêteurs pourraient-ils avoir contre lui ? Ils n'ont même pas de corps. Pas de corps, pas de meurtre, dit-on. Dans l'affaire Guillaume Seznec, il n'y avait pas non plus de cadavre, seulement un type disparu. Pourtant Seznec a été envoyé au bagne et condamné aux travaux forcés à perpétuité.

Il devrait aller plus souvent au ciné. Il y retournera, en se laissant guider par madame Molyneux. Elle s'y connaît, elle a beaucoup de goût.

Une particularité de cette rue est qu'elle possède, aux deux extrémités, des ruelles de dérivation qui permettent de revenir discrètement sur ses pas. Comme elle est toute droite, on voit le danger de loin.

Peu à peu, il se fait à l'idée qu'il ne réintégrera pas son hôtel, et tant pis pour la valise. Le proprio ne sera pas lésé, il lui paie le mois d'avance. Le 1er août ses affaires seront débarrassées, quelqu'un d'autre emménagera dans la chambre. Ce genre d'histoire arrive tous les jours. Des gens apparaissent, on s'habitue à leur présence, ils disparaissent, pourquoi s'en émouvoir ? Son rituel matinal, au café d'en face, lui manquera. Il existe mille bars à Paris, où feuilleter gentiment le journal avec un express pour se dérouiller l'intellect. Celui-là avait ses avantages. Il pouvait surveiller ce qui s'y passe sans bouger de son lit. Le confort, voilà l'erreur.

Demain il s'achètera une machine à écrire, il fera cliqueter les touches une ou deux heures par jour, un peu le matin, un peu l'après-midi, un peu le soir. Il tapera ce qui vient, sans réfléchir. L'histoire de Desvallées et Pegala par exemple. Quand on choisit cette couverture, il faut que le personnel qui fouine dans la paperasse en ait pour son argent. La femme de chambre en parle au réceptionniste, le réceptionniste en touche un mot au patron. Un voisin se permet une remarque sur le bruit. En moins de temps qu'il n'en faut pour le dire, la réputation est faite.

Si ça se trouve, songe Skip, les trois quarts des types qui emmerdent le monde avec le *tap-tap* de leur Olivetti font semblant.

Seconde fois, en l'espace de quelques minutes, qu'il se marre tout seul. Il ne sait quel signe il faut y voir. Un collègue, lorsqu'il bossait pour le Duc, s'était mis à ricaner pour un oui ou pour un non, manie insupportable. En fait, ses nerfs le lâchaient. Six mois plus tard il était fou à lier.

Il suffirait d'enregistrer une séance de quarante-cinq minutes sur une cassette, puis d'enclencher le lecteur quand il prend son bain. Il s'entendrait travailler comme un forcené de l'autre côté de la porte. De temps en temps, il ferait le sous-marin pour remplacer le *tap-tap* et le *cling* de l'Olivetti par la musique des tuyauteries.

Cette rue de Chabrol suscite des pensées amusantes, elle est bien fichue, dommage qu'elle ne possède aucun hôtel et café à sa convenance.

Ça lui fait toujours drôle en traversant le boulevard de Magenta, de voir toutes ces personnes avec leurs sacs, leurs valises. Parmi celles qui ont débarqué à la gare du Nord, il y en a qui arrivent de Cambrai. S'il croisait aujourd'hui des gens connus là-bas, eux ne l'identifieraient sans doute pas. Lui, si. Il se rappelle encore leurs noms, leurs voix, l'intérieur de leurs maisons. Leur lâcheté.

Ceux-là, il leur a pardonné. D'abord ils n'étaient directement coupables de rien, et puis, en vieillissant, il a découvert combien c'est dur, le courage, lorsqu'il s'agit des affaires des autres.

Avoir Armand sur la conscience l'a rendu indulgent.

À cette heure de l'après-midi, le canal Saint-Martin est aussi désolé que son vieux canal de Cambrai. La flotte, sans couleur définie, paraît sans vie. Une masse sans mouvement, sans méandres. L'écluse évoque les portes d'une prison. Le mécanisme à crémaillère, un engin de torture.

Skip songe au malheureux venu se jeter dans ce bassin lamentable. Le couple de promeneurs qui l'a repêché a commis une belle erreur.

Une impression bizarre lui vient, en pensant à l'article de *France-Soir*. Il y a des individus qui attirent la malchance. S'ils l'attirent, comme l'aimant la limaille, cela signifie-t-il qu'ils en protègent les autres ? Le courageux retraité et sa femme, en n'écoutant que leur cœur, n'ont pas été récompensés. Ils auraient dû rester sur le bord, et regarder ce suicidé se noyer dans l'eau dégueulasse du canal. Le sauver n'était pas suffisant, il a encore fallu qu'ils l'accueillent sous leur toit. Leur altruisme les a perdus. Est-ce que les malchanceux s'attirent mutuellement ? Skip se demande s'il aurait plongé. Le gars désirait mourir, après tout. Pourquoi s'en mêler ? La vie ne voulait pas de lui. La mort non plus apparemment. Dans son cas, même l'explosion au gaz ne marche pas.

Indécis, il hésite entre la passerelle Bichat et la passerelle de la Grange-aux-Belles pour rejoindre le quai de Jemmapes. Toujours ses superstitions.

Faute de se décider, il reste planté là. Le bout de ses chaussures dépasse légèrement du bord du quai. À condition d'être patient, il finira par entendre une voix dans son dos : « Monsieur, tout va bien ? » Si c'est une femme qui lui apporte la délivrance, il empruntera la passerelle de la Grange-aux-Belles. Si c'est un homme, la passerelle Bichat.

En s'éloignant de Cambrai, le parcours le long du canal, par endroits, est si monotone que l'esprit en est presque engourdi. Un paysage décoloré, comateux. Même aux pires moments, il n'a jamais été tenté de se jeter à la flotte. Ce qui lui faisait du bien, à l'époque déjà, c'était de marcher. Aller quelque part, n'importe où, voir ce qu'il y a derrière l'horizon. Il aimait revenir sur ce chemin de halage. À force les premiers tronçons lui en étaient familiers, mais il y avait toujours une limite au-delà de laquelle il pénétrait en territoire inconnu. Cette limite reculait à mesure qu'il grandissait et avait de meilleures jambes, et une plus violente envie de s'enfuir.

Au début, tout petit, quand il sentait arriver le danger, il se faufilait par un trou dans le grillage au fond du terrain. Il courait jusqu'au canal, sans intention d'aller plus loin. Il avait de l'imagination pour s'occuper seul, ses jeux lui faisaient oublier, un instant, pourquoi il s'était échappé. On le ramenait à la maison avec rudesse, mais cette rudesse était ordinaire, où qu'il aille, quoi qu'il fasse, il y était habitué et la supportait. Elle était même une douceur, comparée au reste.

La principale attraction était le passage des péniches.

Elles n'étaient pas nombreuses et toutes semblables, on aurait dit que c'était la même qui repassait à chaque fois, noire, lente et silencieuse, aussi funèbre qu'un corbillard. Un jour il l'a suivie.

Elle n'allait pas vite. Sur le chemin, il a adapté sa marche à l'avancée du bateau. En dépassant les hauts peupliers qui fermaient la perspective au nord, soudain il a découvert le long ruban d'eau grise, parfaitement rectiligne à travers l'étendue plate.

Lorsqu'il revoit cette péniche, elle semble naviguer sans personne pour la piloter. Il doit faire un effort pour se souvenir, peut-être, d'une silhouette très vague qui apparaît de temps en temps sur le pont. Et d'une autre, affairée au maniement de l'écluse. Et de celles, rares, espacées, grisâtres elles aussi, qu'il rencontre sur le chemin de halage. Le canal est un monde d'hommes qui ne parlent pas. Tout, en eux, se tait. Ils existent à peine, comme si l'important était de se fondre dans cette grisaille et la géométrie vide du paysage, sans y laisser de traces.

En progressant sur le chemin, un autre groupe de peupliers, que rien ne différencie du premier, referme provisoirement la perspective. Atteindre ces arbres est plus long que prévu. L'une des étrangetés du canal est que les distances sont difficiles à évaluer.

Le sol est dur sous ses pieds, même quand il ne gèle pas. Il y a peu de promeneurs, mais tous arpentent l'étroite bande sur le sentier où le sol est à nu. La terre a dû s'y tasser à force. Elle est devenue dure comme la pierre, aussi dure que le sol de la maison où on le fait se mettre à genoux.

Il lui arrive encore de sentir cette douleur dans les genoux.

Si répétitive et intolérable qu'elle ait pu être, il est reconnaissant que la mémoire se souvienne plutôt de celle-là.

Le brouillard est fréquent sur le canal, impossible de voir les peupliers, et lorsqu'on les voit, ils ont perdu leurs feuilles. Leur ramure sinistre surgit au dernier moment dans la brume. Comme, dans son esprit d'enfant, ce sont ces groupes de peupliers qui séparent le canal infini en plusieurs tronçons, l'hiver il ne sait jamais à quel endroit il se trouve. Il devine la péniche qui progresse lentement, à son côté. L'absence de repères ne le trouble pas. Il sait que l'eau est sur sa droite, la ville derrière lui, et qu'il doit continuer à avancer sans dévier. Inutile de distinguer nettement les choses pour cela. Il marche tête baissée, pour protéger son visage du froid piquant et ne pas perdre de vue la ligne du sentier.

Il portait alors une paire de chaussures de sport Palladium, ou Le Coq sportif, en toile bleue. Les semelles étaient étanches, mais ses pieds étaient quand même frigorifiés. Dans sa mémoire trompeuse, c'est comme s'il avait gardé ces tennis toute son enfance. On avait dû les lui laisser un an de plus, par économie. Elles pointaient trop petit, pas moyen d'ajouter des chaussettes épaisses. Ses mocassins d'aujourd'hui ont meilleure allure.

Skip songe à son émerveillement, le jour où le brouillard s'est si vite dissipé que ç'aurait pu être un rêve.

Au cours de cette minute féerique, le paysage révélé semblait complètement nouveau. Il se serait attendu à être près de la ville, elle était déjà invisible. La péniche dont il devinait la présence sur le canal s'était dissoute elle aussi.

Il était tôt. Le soleil est devenu plus vif. Il a allongé le pas. Est-ce là, en allant vers Denain, qu'il a pris conscience d'avoir quitté l'enfance pour de bon ? Il avait seize ans, bientôt dix-sept. Des plans ont commencé à se former dans son esprit.

Personne ne peut avoir idée de la difficulté que ça représente. Partir, ce n'est pas seulement franchir une porte. Il faut trancher les fils un à un, tout ce qui relie à la chose qu'on veut fuir, mais à quoi on reste attaché de mille façons. Longer le canal vers le nord, c'était avoir la certitude de se faire tôt ou tard rattraper par le col et reconduire chez lui par la peau du cou. Ce jour-là, en accélérant sur le chemin de halage, son espoir n'est pas de se libérer du cauchemar qu'il vit à la maison, juste de s'en éloigner, un peu plus longtemps que d'habitude. Jamais l'air n'a été si translucide, et le paysage si plat, la perspective si vaste.

Aucun humain à l'horizon. Ils n'ont pas encore mis le nez dehors. Çà et là, des panaches de fumée au-dessus de bâtisses solitaires. Combien de temps pour atteindre la mer du Nord ? Une journée de marche peut-elle suffire ? Il ne se rend pas compte de la distance. Il a entendu dire que la frontière avec la Belgique, à la campagne, à travers champs, certains la passent sans même s'en apercevoir. À quel moment a-t-il commencé à courir ?

Courir dans ce paysage simplifié renforce l'impression de surplace. Les maudites pensées sont toujours là, mais on dirait que l'esprit se fige, que tout se ralentit à l'intérieur. La ligne grise du canal, qui s'amenuise en devenant de plus en plus pâle, et celle de l'horizon avec son lointain scintillement flou, aujourd'hui encore l'apaisent. Un monde sans matière. Quel avenir y aurait-il pour lui sur cette plaine ? Marcher, courir à travers la plaine de l'Escaut, ou bien dans le néant, c'est du pareil au même. Il n'y a que dans une ville, une grande ville, la plus immense et la plus peuplée des villes, que sa vie pourrait changer. Il va vers le nord, parce qu'il fait comme ça depuis qu'il est enfant, mais la multitude où disparaître est de l'autre côté, en allant au sud.

Paris n'est alors qu'un mirage. Chez lui, pas de télé, ni chez les voisins. La seule occasion qu'il a eue d'aller au cinéma, un an plus tôt, c'était pour l'inauguration du Palace, quand on eut fini de reconstruire Cambrai. Le film se déroulait en Amérique, mais aux actualités avant le film : il a vu Paris, les Parisiens, pour la première fois. Une masse de manifestants, compressés les uns contre les autres. Ils semblaient être des milliers. *Là-bas, leur nombre les protège. Ici, personne ne me protège et ça n'est pas près de changer.*

Savait-il déjà que même en fuyant la maison où il était né, où il avait grandi, ce qu'il endurait entre ses murs, derrière ses volets clos, il le subirait pour toujours ? Et le noyé de *France-Soir*, à quoi pensait-il avant de sauter ?

Une voix le sort de sa torpeur :

« Monsieur, tout va bien ? »

Puisque les malchancheux attirent les malchanceux, Skip décide d'éviter la rue Bichat.

Il vient de penser à Duclos, un ami d'Armand, qui crèche au fond du 19e. Il n'est allé qu'une fois chez lui, mais se rappelle l'endroit. Une villa avec un jardin minuscule, comme il y en a là-bas, dans une impasse à l'arrière des Buttes-Chaumont, près du métro Botzaris. L'homme était accueillant, gros et doux. Pas du genre à avoir déménagé. Ça vaut la peine d'essayer.

Duclos, un autre de ces receleurs sans ambition. Quand on ne piétine les plates-bandes de personne, ça diminue le risque de se faire dégommer. Lui, il était vraiment tout en bas de l'échelle. Armand lui sous-traitait les boulots qui ne rapportaient pas assez. La pièce où ils avaient bu et fumé, se souvient Skip, était envahie de nanards.

S'en remettre à Duclos n'est pas bon signe, mais Armand avait confiance en lui, comme il avait confiance en Lindon. Il répétait souvent : « Ces types-là, tu peux tout leur demander. S'ils peuvent aider, ils aident. Et ils ne caftent pas. » Skip avait assisté à leur conversation. Armand ne pouvait s'empêcher de faire son numéro de charme, même devant ce vieil ami. L'autre écoutait et attendait placidement, avec son bon visage joufflu, qu'Armand le laisse en placer une. Ils avaient beaucoup bu. Skip n'était qu'adolescent, il n'avait pas ouvert la bouche, sauf pour dire merci, quand Armand offrait une cigarette, quand Duclos remplissait son verre.

Tout à coup il se rappelle qu'il y avait un chien.

Le bas-rouge à l'énorme mâchoire et au poil noir lustré avait passé la soirée couché aux pieds de son maître. Un chien de garde, le même que celui de la station-service Antar, entre Cambrai et Bapaume, où il avait patienté la moitié de la nuit, espérant qu'un conducteur accepterait de l'avancer sur la route de Paris.

Les clients étaient rares. Il avait eu le temps de parler avec le pompiste, qui avait un thermos de café, objet que Skip voyait pour la première fois, et cet animal menaçant, toujours à se presser contre la porte vitrée en émettant de longs râles, pour sortir de la guérite. Il ne devait plus supporter d'y être enfermé. Le pompiste le renvoyait se coucher sur sa couverture miteuse. La seule chose sûre si Duclos est encore de ce monde, songe Skip, c'est que le clebs, lui, est mort et enterré. Un bas-rouge, avait affirmé l'homme de chez Antar, ne vit pas plus d'une dizaine d'années. « Le plus vieux que j'aie eu avait quatorze ans. On croirait pas, hein, à les voir si costauds ? »

Finalement, un camionneur flamand l'avait chargé pour la plus longue partie du trajet, jusqu'à Senlis. Sa cabine était tapissée de photos de femmes nues. On ne distinguait pas grand-chose dans la pénombre. Lorsqu'un véhicule les croisait, à l'instant où les phares jetaient une lueur dans l'habitacle, il essayait de mieux voir. Les images qui surgissaient étaient si excessives qu'elles semblaient irréelles, des projections grotesques, déformées dans le cône mouvant des phares.

Il ignorait que ça annonçait le spectacle des débauches de Pigalle, même si, question peep-show, pour l'habitué des clubs et cabarets qu'il est devenu par la suite, rien n'a jamais égalé la cabine de ce camionneur flamand, avec ses créatures de papier. Il avait dû les découper dans des revues achetées au Danemark ou en Suède.

Le Flamand l'avait débarqué à une intersection, à la sortie de Senlis, en pleine nuit. Paris 55 km. Il avait marché au bord de la nationale, renonçant à tendre le pouce quand les lumières d'une voiture ou d'un fourgon arrivaient sur lui, à pleine vitesse. Il reculait, effrayé. Sur cette route, les conducteurs n'auraient ni le temps de le voir, ni celui de freiner, c'était trop dangereux. Il aurait dû rester au croisement, comme l'avait conseillé le camionneur.

L'esprit encore obnubilé par les formes exubérantes des pin-up, étourdi par l'alternance de nuit et de phares aveuglants, de silence et de fracas de moteurs, le ventre vide, le cœur à l'envers, il s'écartait sur la droite lorsque son pied gauche se posait sur le bitume, sur la gauche lorsque son pied droit dérapait sur le bord herbu du fossé. Il avait peur de perdre l'équilibre, il se disait que si par malheur il chutait et ne parvenait pas à se relever, ce serait la fin. Un camion l'écrabouillerait. Des bêtes le dévoreraient. Ces visions de boucherie se mêlaient aux images qui l'avaient assailli dans la cabine. Était-ce une fatalité que l'ordure doive toujours être associée à... à la chair ?

À un carrefour dans la campagne désertique, après une heure de marche malaisée sur l'accotement mal entretenu, il a trouvé un abri de béton, équipé d'un banc. Il a attendu là, plusieurs heures de plus.

Peut-être a-t-il somnolé. Il n'avait emporté aucune affaire, il n'avait rien pour se couvrir ou sur quoi poser la tête. Il mourait de faim. Au moins à la maison possédait-il un lit et pouvait-il se servir dans le garde-manger.

Un autocar s'est arrêté peu avant le lever du jour.

La plupart des places étaient inoccupées. Il a appris par une vieille dame très bavarde, assise de l'autre côté de l'allée, qu'en semaine ce car du matin était rempli d'écoliers et d'ouvriers. Les gosses descendaient à l'arrêt suivant. Les ouvriers continuaient jusqu'au Bourget, le car n'allait pas plus loin. Elle-même se rendait chez sa fille, comme chaque mardi, jeudi et dimanche. Le mardi, elle lui faisait toutes les courses d'alimentation et mettait en ordre le logement. Le jeudi, elle gardait son petit-fils. Aujourd'hui, dimanche, c'était la messe, puis ils déjeuneraient tous les trois en ville. Il aurait voulu se boucher les oreilles, pendant que la vieille dame énumérait et décrivait avec une mine gourmande les plats succulents, les bons desserts, le mille-feuille, la tarte Tatin, les coupes glacées débordantes de chantilly qui faisaient tellement plaisir au petit. Bavarde mais pas curieuse, elle n'a posé aucune question. Sa présence dans le car ne semblait pas l'étonner, ou peut-être préférait-elle ne pas savoir ? La fille élevait seule son enfant, le père s'était évaporé avant la naissance. Treize ans plus tard, Skip se souvient du mot « évaporé », du ton sur lequel la femme l'avait prononcé. Évaporé, comme s'évapore un dessin de bonhomme en érection tracé dans la buée ? Il n'avait jamais ressenti ça, qu'un mot utilisé de travers puisse exprimer les choses avec un surcroît de vérité.

À Paris, il a découvert que les gens ne parlent pas du tout comme ceux qu'il avait côtoyés dans le Nord. Plus surprenant encore, qu'ils parlent très différemment les uns des autres, et que, souvent, ils le font exprès. Il a appris à interpréter leurs langages codés. Chez certains, comme Hennepin, ça n'est que de la frime. Chez Armand et ses amis, de la dissimulation. Chez l'assureur Desvallées et ses semblables, une manière d'embrouiller leur monde sans jamais en venir au but, sans doute parce que les riches non plus ne savent pas qui ils sont, ni ce qu'ils désirent vraiment.

Marianne, son langage n'appartient qu'à elle. Malgré l'amélioration de son français, elle trébuche sur les phrases comme une enfant. Les doléances d'une fille gâtée qui exige sans cesse davantage. Cliente idéale : tout son fric y passe, et du fric, quand il la fournissait, elle en avait beaucoup. Une fois, alors qu'il lui reprochait sa consommation, elle a prétendu pour se justifier qu'un de ses ancêtres avait inventé le masochisme. Il ne sait toujours pas ce qu'elle a voulu dire, ça continue à le poursuivre.

Chaque jour c'est pareil, il s'épuise à tenir ses pensées à distance de Cambrai, ce qu'il a connu de pire, mais également de Marianne, ce qui lui est arrivé de meilleur. Tout devient douloureux et se mélange. Il n'en peut plus.

Ses quelques sous, il les avait utilisés pour payer le car. Au terminus de la ligne, un bistrot était ouvert. Il s'apprêtait à y entrer pour se renseigner sur la direction à prendre, quand il a vu le panneau. Paris 9 km.

C'était plus facile maintenant. Le jour s'était levé. L'approche de Paris lui faisait oublier la fatigue et la faim. Peu à peu, les constructions devenaient plus denses, les rues étaient plus peuplées, des gens à pied, à vélo, seuls, en bandes, il n'y avait qu'à suivre le mouvement.

La grande cité, dans son esprit d'adolescent, était un monde circulaire et clos, où l'intérieur et l'extérieur étaient précisément démarqués. Il se doutait qu'on pouvait y accéder ou en sortir comme on voulait, mais ne s'attendait pas à ce que la ville paraisse n'avoir ni début ni fin. Plus tard, il s'apercevrait que sa première idée avait été la bonne. Paris est bel et bien circonscrit dans les limites de l'anneau que forment les boulevards des Maréchaux, et il existe d'autres anneaux, de plus en plus réduits à mesure qu'on va vers le centre, matérialisant les anciennes frontières de la ville jusqu'aux deux bras de la Seine qui enserrent la microscopique île de la Cité, du temps où Paris ne s'appelait pas encore Paris et était même plus petit que Cambrai.

Aussi, en arrivant aux puces où se pressait la foule innombrable, a-t-il d'abord cru avoir atteint le cœur de la ville. Les promeneurs convergeaient de toutes parts. Était-il surpris que Paris soit ce déballage à ciel ouvert, qui s'étendait à perte de vue ? Il n'avait rien envisagé de tel, mais c'était cette réalité-là et pas une autre qui s'offrait à lui. Tant de richesses rassemblées, ça dépassait l'imagination.

Pris dans la cohue, il a dérivé d'étal en étal. Toutes ces marchandises étaient comme des vies en pièces détachées.

Apparemment, il suffisait de choisir ce qu'on désirait puis d'assembler les morceaux. Il observait les badauds autour de lui, essayait de comprendre comment ils s'y prenaient, tendait l'oreille aux paroles qu'ils échangeaient avec les vendeurs.

Tous négociaient âprement les tarifs. Le marchand, avec l'air de triomphe de celui qui est sûr de la valeur de ce qu'il vend. L'acheteur, avec une moue maussade et soupçonneuse. Chacun voulant signifier à l'autre que si l'affaire se conclut, ce sera à son corps défendant, par charité chrétienne pour ainsi dire. Acheter, même la plus petite chose, même en discutant le prix, suppose d'avoir de l'argent, or ce matin-là, des sous, lui, il en a zéro.

Ce qu'il voudrait en premier, à part se remplir l'estomac, ce sont des habits. Il a de vieilles tennis trop étroites, un pantalon de toile grossière, une chemise qui gratte. Personne n'est plus mal vêtu que lui, et pourtant il en voit beaucoup qui semblent miséreux, mais ceux-là, au moins, ont un peu de monnaie en poche. Comment ont-ils obtenu leur argent ? En revendant des trucs, ailleurs sur le marché ? Comment se sont-ils procuré ces objets s'ils n'avaient pas d'argent ? Les ont-ils chapardés ? Quitte à voler, ne serait-il pas plus rapide de voler directement du fric ? Il circule de main en main, les vendeurs le mettent dans une boîte en fer dont ils ne rabattent pas toujours le couvercle. Ils veillent au grain, mais parfois la vigilance se relâche.

L'heure suivante, il se concentre sur les étals de vêtements, sélectionne les modèles qui lui font envie et qu'il reviendra chercher plus tard. Du coin de l'œil, il repère l'emplacement de la caisse. Pour le moment, aucune caisse n'a été laissée sans surveillance. Il brûle de tenter sa chance.

Le plus expéditif, s'il osait, serait d'en choisir une pleine à craquer, de s'en saisir et de partir en courant. Avec ce monde partout dans les allées, peine perdue. Sitôt l'alerte donnée, « Au voleur ! Au voleur ! Attrapez-le ! », des bras l'agripperaient par dizaines, il serait ceinturé. À Cambrai, il a été témoin d'une scène de ce genre quand un type a été arrêté devant le commerce de liqueurs et spiritueux. Le patron en grand tablier était sorti furibard de sa boutique en criant au voleur, et le malfaiteur, qui planquait l'alcool sous son imper, avait été stoppé net par plusieurs hommes, de simples et paisibles passants jusqu'à cette minute. Ils l'avaient chopé et plaqué au sol d'une manière incroyablement brutale, avaient ri ensuite de bon cœur avec le caviste en voyant que la bouteille, elle, était intacte.

Il va guetter l'instant propice, lorsqu'un marchand sera accaparé par un emmerdeur qui distraira son attention. Il plongera la main dans la caisse, un geste, un seul, aussi furtif que possible. Il n'a pas besoin de beaucoup pour commencer. S'il récupère un ou deux gros billets, ce sera déjà bien.

Des larcins, il en a commis quelques-uns à Cambrai. Tous les gosses le font. C'étaient des babioles, inutiles le plus souvent, juste pour le plaisir de piquer, jamais il ne s'est fait prendre.

Quand devient-on un vrai voleur ? À Cambrai, il n'en était pas un. Aux puces de Clignancourt, alors, le dimanche de son arrivée ? Quand on commet un crime, l'absence de préméditation représente une circonstance atténuante. Mais lorsqu'on prémédite un crime, sans le commettre ? Armand lui a dit, un jour, que dans certains pays on peut être emprisonné non pour avoir enfreint la loi, mais pour y avoir seulement pensé. Comment comprendre une chose pareille ? Qui pourrait deviner ce qui se passe dans notre tête, si on ne dit rien, à personne ? Armand avait parlé de « police de la pensée », dans ces régimes politiques ils emploient des méthodes particulières, ils utilisent la psychologie, des machines. Il affirmait avoir lu un bouquin là-dessus.

Le voilà revenu devant le stand où il a vu de si beaux vêtements, après avoir eu l'idée de filouter quelques billets. Il y a des vestes et pantalons de costume, suspendus à des cintres et serrés sur des portants, ou exposés sur les étals. Des vestes, il aime la soie colorée des doublures et les poches intérieures, assez profondes pour contenir un portefeuille, avec un bouton et une petite bride pour la fermeture.

La plupart des modèles sont unis, dans les teintes marron. Quelques-uns sont agrémentés de rayures, ils lui plaisent davantage. Ça fait « monsieur », comme les chapeaux de feutre, ornés d'un ruban ton sur ton. Un face-à-main est à disposition à côté des chapeaux. Il en essaie un, puis un autre. Il le met de travers, sur la gauche, la droite, l'incline en arrière, l'enfonce sur le front : son aspect, chaque fois, en est métamorphosé. Il se demande quel chapeau serait le mieux assorti à quel costume ? Un vertige le prend. Est-ce d'avoir perçu, en jouant à l'adulte, le futur qui s'ouvre à lui ? Ou la faim, qui le vide de ses forces ? Il s'étonne de ne plus ressentir le même besoin de dormir et de manger, comme si, passé un cap, ça n'avait plus d'importance.

Il sort de sa rêverie. Son regard vient de tomber sur la caisse, dont le marchand a entrouvert le couvercle pour y fourrer un nouveau billet. Elle en déborde.

En un éclair, il se voit subtilisant le billet, puis le restituant avec la même rapidité au vendeur, pour payer le costume et le chapeau.

Cette caisse-là, oui, il peut s'en approcher. Sur un bord du stand, entre les portants, un passage permet de pénétrer dans la zone où se tient le marchand. Les clients, lorsqu'ils sont trop nombreux pour accéder depuis l'extérieur aux alignements de vestes et de pantalons, se glissent par ce passage pour les examiner à leur aise de l'autre côté, et personne ne trouve à y redire.

Maintenant qu'il s'est introduit à l'intérieur du stand, il est désemparé. Ça paraît bien plus petit que vu du dehors. L'unique moyen de se donner une contenance, c'est de faire comme tout le monde : inspecter les rangées de cintres, tâter les étoffes, observer les marques d'usure aux coudes et au bas des manches. Mais il tourne le dos à la caisse. Et s'il se désintéresse de la marchandise, le problème se renverse, il n'a plus de raison d'être là. Le vendeur remarquera sa présence, croira qu'il veut poser une question, il devra parler, ce sera pire que tout. Il reprend son examen minutieux des articles accrochés sur les portants, s'attarde sur chaque veste. Il les palpe. Elles ont eu des propriétaires avant d'échouer ici, peut-être l'un d'eux a-t-il omis de vider ses poches ?

Ce travail l'occupe une dizaine de minutes et très vite plus rien d'autre n'existe. Dans les poches, que dalle, aucune petite piécette, mais il découvre le plaisir d'y faufiler ses doigts, de faire sauter la bride du bouton. Il ignore qu'il en fera un métier, n'est même pas conscient d'avoir ce qu'Armand nommera plus tard sa *papatte*, pourtant il n'a jamais oublié cette excitation trouble, à fourrager subrepticement dans l'intimité d'autrui, éprouvée la première fois aux fripes de Clignancourt. À croire que la matière soyeuse de ces tissus n'a été choisie que pour faciliter le passage des doigts.

Jetant un œil vers le marchand, il le voit dos tourné, courbé, en train de remettre de l'ordre sur son étal. En deux pas, il peut atteindre la caisse et se servir. Deux pas dans l'autre sens, et il sera à nouveau le nez dans les cintres. En cas d'alerte, il pourra y cacher le butin. Il sursaute en entendant la voix, à quelques centimètres de son oreille :

« Toi, tu vas faire une bêtise. »

Il n'est pas sûr à cent pour cent qu'il s'agisse de la bonne maison, elles se ressemblent toutes dans ce quartier, et il avait oublié qu'ici, ce sont les petites rues alignées parallèlement qui ont le nom de villas. Villa du Progrès. Villa de la Renaissance. Drôle de coin.

Au 17, les volets sont rabattus. Skip soulève et laisse retomber le marteau de la porte. On vient ouvrir

Duclos paraît épouvantablement vieux et sale. Ses cheveux ont poussé, il a l'air de vivre en pyjama. Ses yeux sont énormes. Skip demande :

« Vous me reconnaissez ?

– J'oublie rarement un visage.

– Vous aviez un chien.

– Il est mort.

– Vous en avez pris un autre ?

– Le même. C'est une bonne race.

– Et pour Armand, vous êtes au courant ?

– Je sais, oui, les aléas. Entre. »

Dans la pièce du rez-de-chaussée, les objets s'entassent jusqu'au plafond. Il y a de tout. Des appareils ménagers dans des boîtes jamais ouvertes, des lots de vêtements sous cellophane, démodés avant d'avoir été portés. Au bas des piles chancelantes où les emballages grisâtres se sont déformés sous le poids, doivent se trouver des marchandises qui étaient déjà là le jour de sa première visite. Skip repère une machine à écrire Japy, poussiéreuse mais neuve, au-dessus d'un carton qui porte l'emblème de la marque Seb. Quand il pose les doigts sur les touches, le chien émet un faible grognement. Il est étalé sur un bout de tapis, au pied du fauteuil en velours, comme l'était son prédécesseur. Duclos a servi deux verres de blanc, Skip propose une Player's.

« Je pensais pas te revoir. »

Duclos heurte le bord de son verre. Skip lui tend du feu.

« J'aurais dû venir, pour Armand.

– T'inquiète pas de ça.

– Vous vous en sortez ?

– Très mal, tu le vois bien. Et toi ?

– Ç'a été une sale journée.

– Tu serais pas là, sinon.

– Une vraie journée de merde.

– Mais bon : t'as retrouvé le chemin. Raconte-moi. »

Le muscadet est imbuvable. Skip inspire profondément la fumée, on peut s'habituer à tout, même à du mauvais vin.

« Molyneux, ce nom vous dit quelque chose ?

– Inconnu au bataillon.

– Il pourrait devenir ministre, ou même président.

– Rien que ça.

– Avant-hier j'ai volé son alliance, et aujourd'hui celle de sa femme. Ne me demandez pas pourquoi.

– Quel est le problème ? T'as la maréchaussée aux fesses ?

– Peut-être, peut-être pas. Molyneux a passé une annonce dans *France-Soir*. Je suis allé au journal hier, et j'ai fait le con avec la réceptionniste. Elle m'a sans doute dénoncé. J'ai aperçu des mouvements suspects devant mon hôtel. Je crois qu'il est surveillé.

– Envoie quelqu'un.

– Je n'ai confiance en personne.

– Il est où, ton hôtel ?

– Saint-Georges.

– Trop loin pour moi.

– Je ne suis pas venu pour ça.

– Qu'attends-tu alors ?

– Je pensais vous vendre les alliances.

– Avec quel argent je te paierais ? Montre quand même. »

Les gros yeux malades scrutent les anneaux de mariage, dans la paume de Skip. Ils sont en or blanc. Duclos pousse l'alliance de petit diamètre à l'intérieur de la grande. Elle s'y loge parfaitement. Duclos hoche la tête.

« Pas bien épaisse, la dame. »

Skip ne relève pas, mais la remarque le trouble.

« T'as pu lire ce qu'est écrit ?

– *1-0-5-Grégoire*, sur l'une. Et *Katerine-6-5-9*, sur l'autre.

– C'est intéressant de le savoir ?

– Au moins, ça permet de les authentifier.

– C'était pas ma question.

– Qu'est-ce que ça vaut ?

– Au poids ? Tu le sais comme moi. Rien.

– Il me faut de quoi payer une chambre cette nuit. Et la nuit prochaine, si possible. Ensuite j'aviserai.

– Tu demandes beaucoup.

– Je rembourserai.

– Pas de dette. J'ai passé l'âge d'attendre que les jeunes gens honorent leurs promesses. »

Duclos montre les marchandises entassées, d'un geste fataliste. L'air de dire : voilà où ça mène de faire confiance.

« Je comprends.

– Tu peux pas comprendre. »

Le vieil homme accepte une autre cigarette. Il remplit le verre de Skip, comme font les cafetiers quand ils servent de la piquette : à ras bord.

« Réglons nos affaires. Je t'achète ça cinquante francs.

– Vous me sauvez.

– Comment comptes-tu te refaire la cerise ?

– Ma spécialité, c'est les portefeuilles. Aujourd'hui je n'ai pas pu, je me remettrai au boulot demain.

– Armand t'a appris le métier ?

– Et beaucoup d'autres choses. Il me manque.

– T'as quelqu'un, une gentille fiancée ? Des parents ? »

Skip se doutait que la question viendrait sur le tapis. Sur ce sujet, il ignore à quoi peut ressembler une réponse honnête, il n'a jamais essayé.

« Te sens pas obligé de répondre.

– Je suis amoureux d'une fille trop bien pour moi. J'essaie de l'oublier, je n'y arrive pas. L'annonce de *France-Soir* promettait une forte récompense, c'est ce qui m'a mis dedans. Je voulais la rejoindre à Londres.

– Elle est Anglaise ? J'ai jamais entendu dire qu'une Anglaise puisse être trop bien. »

Ils rient tous les deux. Skip prend la résolution, lorsqu'il sera en fonds, d'apporter à Duclos une bonne bouteille de blanc, celle qu'il ne boira pas ce soir au Terminus Nord.

« Et tes parents ?

– Ils ne m'aimaient pas. Pourtant j'étais leur seul enfant, ça n'a peut-être aucun rapport. Je ne sais pas s'ils sont encore en vie. J'y pense tous les jours.

– Ils tapaient ?

– Oui. Tous les jours.

– Du sexe aussi ?

– Tous les jours, tous les jours.

– Bon Dieu. »

Duclos le regarde, la chair de ses joues tremblote. Le chien a levé la tête, il fixe Skip.

« T'as raconté, à ton Anglaise ?

– Non ! À personne. Impossible et inutile.

– Pourquoi moi ?

– C'est un jour comme ça, je m'excuse.

– T'en as pas honte, j'espère ? »

La question de Duclos reste en suspens. Skip ne réussit pas à se rappeler le visage qu'avait le vieil homme, la première fois. Pour une raison qui lui échappe, il en éprouve du soulagement.

Ce qu'il voudrait maintenant, c'est parler de madame Molyneux. Il l'a surtout vue de dos, sauf dans le café, mais c'était à travers le miroir, et elle était penchée sur son bouquin.

Au lieu de quoi, il mentionne les photos intimes. La plupart des hommes en ont dans leur portefeuille, certaines sont salées. Il précise qu'il s'en est débarrassé.

« T'aurais pas dû. Pour ça, j'aurais fait un effort financier. Ton Anglaise, t'as pas sa petite frimousse par là ? Elle doit être mignonne. »

Skip fait signe que non, que oui.

« Sa photo est à l'hôtel. Elle est perdue.

– Elle t'en donnera une autre.

– Je crois que je vais plutôt repartir de zéro. Ça fait du bien de discuter avec vous.

– C'est pas plus mal, des fois. »

Le chien s'est mis sur ses pattes, il se secoue bizarrement en faisant du bruit avec ses babines, et reprend sa position sur la carpette.

« Vous avez un jardin, derrière ?

– Tu veux le voir ? C'est un bazar.

– Je demandais juste. Petit, je m'enfuyais par le jardin. Il y avait un trou dans la clôture.

– T'as pas un léger accent du Nord, toi ?

– Cambrai. En grandissant, j'ai élargi le trou. Mes habits s'accrochaient au grillage. Je crapahutais dans la plaine, jusqu'à tomber de fatigue. Depuis je passe ma vie à marcher.

– Tout le contraire de moi.

– Ce matin, j'ai suivi la femme de ce Molyneux, elle m'a fait faire une bonne trotte. On est allés au cinéma.

– T'as déjà remplacé ton Anglaise, on dirait ?

– Elle aussi est trop bien pour moi. »

Duclos a changé de physionomie. Il a la tête du type qui tergiverse avant de raconter une blague. Skip se tait, pour lui laisser le temps. Ce n'est pas du tout ce qu'il attendait.

« Tu deviendras quoi, le jour où les gens ne feront plus que des chèques ? T'y as pensé ?

– J'ai cru que vous alliez dire quelque chose de drôle.

– Ça arrivera plus vite qu'on croit.

– Molyneux n'avait même pas de portefeuille sur lui. Sa femme n'utilise que des billets de cinq francs, pour le café, le ciné, les pourboires.

– Avec ça, on va pas loin.

– Je me suis déjà reconverti plusieurs fois.

– Je sais bien. Armand te trouvait doué. »

Entendre prononcer son nom le démolit. Associé à ces mots affectueux, c'est pire. Il se sent responsable de ce qui est arrivé. Il a repassé l'histoire mille fois dans sa tête, pour aboutir toujours à la même conclusion : ce n'est pas la bonne personne qui a payé.

« Armand, je l'ai laissé tomber. »

Comme Duclos ne réagit pas, il ajoute :

« À Cambrai, j'aurais dû les tuer.

– Pour Armand, sors-toi ça du crâne. Pour tes vieux, je sais pas.

– J'aurais dû le faire.

– Dans ce cas, retournes-y. »

Skip se demande si ce vieillard placide lui suggère vraiment de prendre une arme et d'aller faire un massacre, ou si c'est une façon de dire : le passé est le passé, tu n'y changeras rien. Certains prétendent qu'il est très difficile de tuer. D'autres, que c'est facile. Les véritables tueurs ne donnent pas leur opinion.

« À votre avis, c'est difficile de tuer quelqu'un ?

– Ça dépend de la victime.

– Vous l'avez déjà fait ?

– Un peu, mais c'était pas ce que tu crois. Je constate qu'Armand a tenu sa langue, ça me fait plaisir.

– Il y a un rapport avec Armand ?

– Il était gamin à l'époque. Paris était occupé, on n'avait pas les mêmes priorités qu'aujourd'hui.

– Une fois, il m'a envoyé dans un cirque pour livrer une commande. Il a dit qu'avec le dompteur…

– Bon. Il a pas tout à fait tenu sa langue.

– Le cirque Lindon, à la Villette.

– C'est ça. Lindon et lui étaient les plus jeunes. Aux dernières nouvelles, le quatrième de notre groupe servait des beignets dans une caravane.

– Bazacle, je le connais aussi.

– Je vois qu'il t'a présenté tout le monde, en laissant des zones d'ombre. Il a quand même tenu un peu sa langue.

– Pourquoi devait-il se taire ?

– On s'est pas contentés des bonnes actions, on a trempé dans des affaires moins reluisantes. La distinction était pas toujours nette, tu sais. Je crois pas que ça ait changé.

– Pourquoi m'en parler alors ?

– On aimait Armand tous les deux. Il mérite qu'on dise des choses en sa faveur. Et puis tu m'as bien parlé, toi. C'est des vieilles histoires, faut se souvenir, mais pas tout le temps remettre le nez dedans. »

Skip propose une autre cigarette, il espère obtenir une dernière réponse en échange.

« Quel était votre rôle dans ce groupe ?

– J'étais le plus âgé, donc j'étais leur chef. »

Il n'est pas pressé de le quitter, mais sent monter en lui une impatience nouvelle : il va réorganiser sa vie. Demain, ce soir, tout de suite.

« Pourquoi êtes-vous si pauvre ?

– Regarde-toi. Tu sais même pas où dormir.

– C'est ce que je dis : vous, moi, Armand, d'autres que je connais, on en bave toute notre vie. Comment vous l'expliquez ?

– Elles me plaisent bien tes clopes. T'as des goûts de luxe. Elles sont anglaises ?

– Exact. Je ne suis pas fumeur, vous pourrez les garder.

– Nous faisons les choses malhonnêtes illégalement. D'autres font les choses malhonnêtes avec la loi de leur côté. Cette explication te satisfait ? Tu devrais y réfléchir. »

Skip hausse les épaules.

« Faut avoir un don pour changer de vie. Moi, je vivais déjà dans cette maison avant-guerre, avec ma mère. Lindon est né dans le cirque. Son père était clown, son oncle dompteur. Il a pris leur suite. Armand, son paternel était un voyou. Les astuces de happe-bourse, ça vient de lui. T'as quel âge ? Trente ? Si tu veux changer, tarde pas trop. »

Duclos ne lui laisse pas le temps de répondre.

« Je veux pas faire le philosophe, hein, mais le monde lui, il change. Ça oblige à s'adapter, ce qui est différent de se changer soi, en allant dans sa propre direction. Quand Armand s'est mis à la came, c'était pas sa décision, il faisait que suivre le mouvement. Il aurait pu dire non. J'ai dit non : pas de came chez moi. À partir de là, on s'est moins vus. Pour les gars de ton âge, c'est devenu un commerce banal. Je me trompe ?

– J'ai arrêté d'en vendre il y a un an.

– Je t'approuve, mais ce que tu dis là, c'est une phrase de camé. Évite la rechute. Si t'étais mon fils, je te ferais promettre.

– C'est promis. »

Il se rend compte qu'il n'a jamais rien promis, à personne.

« C'est la première fois que je fais une promesse.

– Alors, essaie de la tenir. »

Le chien s'est remis debout. Il se dresse devant Skip, qui a un geste de recul. Le bas-rouge de la station Antar était plus agressif. Skip se reprend et touche la tête de l'animal.

« Il a l'air de t'apprécier.

– Comment vous l'appelez ?

– Lechien, en un seul mot. Toi qui lis le journal, tu t'intéresses aux mots croisés ?

– Je regarde plutôt les annonces.

– Tu me l'as dit. Une lecture dangereuse.

– Les faits divers aussi. Parfois j'ai l'impression qu'ils me concernent directement.

– Je comprends pas ce que tu racontes.

– C'est comme la foudre. Elle tombe sur le voisin, mais ça pourrait être moi. Depuis un moment, tout ce qui m'arrive a un air de familiarité avec ces faits divers. Un jour quelqu'un le lira dans le journal.

– Prends-le comme un avertissement. »

Il voudrait donner à Duclos l'exemple du suicidé de la rue Bichat. Les mots ne viennent pas, il y renonce, de peur de l'ennuyer. Dans le journal, ils savent résumer ces histoires en quelques lignes. Certaines sont si concises qu'elles semblent avoir été inventées, le résultat est encore plus frappant, on ne les oublie pas.

« Vous croyez qu'ils en inventent ?

– Dans les canards de province, peut-être. À Paris, je crois pas, ils ont assez de matière. »

La conversation s'est ralentie. Duclos ne fait plus d'effort pour la relancer. Skip sait qu'il doit lever le camp. Avant de retrouver la lumière du jour, il se laisse couver du regard par le vieil homme, un plaisir innocent, qu'il aurait aimé connaître plus tôt.

« Vous possédez un pistolet ?

– Pourquoi tu demandes ça ? Imagine pas me l'emprunter.

– Ce n'est pas mon intention.

– Je l'avais pendant l'Occupation. Un Beretta de 1923, calibre 9 mm, aujourd'hui je serais incapable de l'utiliser correctement.

– C'est avec celui-là que vous avez tué ?

– Les Boches avaient interdit toutes les armes à feu. Quand tu avais ça sur toi, si tu le sortais, oui, c'était pour t'en servir.

– Combien de fois ?

– J'ai pas compté.

– Armand, Lindon et Bazacle étaient armés également ?

– Pourquoi aurais-je été le seul ?

– Ils ont abattu des gens, eux aussi ?

– Le moins possible… Un nombre suffisant. »

Le chien a déserté son bout de tapis. On l'entend dans le vestibule, qui gratte contre la porte. Skip reconnaît ce râle de l'animal qui veut qu'on lui ouvre. Il ne s'interrompra pas avant d'avoir obtenu satisfaction. Son maître se soulève avec difficulté du fauteuil en prenant appui sur les accoudoirs, il respire bruyamment :

« J'arrive, j'arrive. »

La plainte du chien devient plus forte.

« Il va sortir avec toi et t'accompagner au coin de la rue. Il ira pas plus loin, je l'ai éduqué à se promener seul. Voilà tes cinquante francs.

– Je vais rester quelque temps au Kuntz, rue des Deux-Gares.

– Eh bien, comme ça, t'as mon adresse et j'ai la tienne. Allons-y. Faut pas le faire attendre.

– J'ai remarqué cette Japy en arrivant.

– Tu la veux ? Elle est à toi. »

Il est vingt et une heures boulevard Suchet. Le salon des Molyneux est brillamment éclairé. Katerine et Grégoire parlent avec animation. Elle, bien droite, bras croisés sur sa poitrine. Lui, verre à la main, allant et venant à travers la pièce. Rencogné derrière l'arrêt de bus, Skip est saisi par la beauté de leurs silhouettes dans cette lumière ambrée.

Une fenêtre s'illumine, dans le prolongement de celles du salon. Quelques instants plus tard surgit une fillette, sans doute a-t-elle grimpé sur une chaise ou un coffre. Enfant, songe Skip, Marianne devait avoir la même blondeur et la même allure friponne.

En quittant Duclos, il a pris le métro à Botzaris. Changement à Louis-Blanc, jusqu'à la gare de l'Est. Sa nouvelle chambre donne sur les voies, il entendra les trains. Au réceptionniste, inquiet de l'absence de valise, Skip a répondu en posant la machine à écrire sur le comptoir :

« Mes bagages, c'est ça. »

Il est redescendu dans le métro. Changement à Chaussée-d'Antin, son ancien quartier, déjà le passé.

L'angoisse s'est entièrement dissipée. Chaque fois il veut se persuader qu'elle ne reviendra pas, chaque fois elle revient. Il se dit qu'aujourd'hui, c'est différent, il a commencé à vider son sac, demain il achètera du papier, arrivera ce qui arrivera.

Observer, ouvrir grand les oreilles.

Dans le wagon, ceux qui avaient le journal du soir lisaient les articles sur la mission Apollo. Ceux qui n'avaient pas le journal brodaient sur ce qu'ils avaient entendu à la radio. C'était du vent, plus ou moins. Comment savoir ce qui se passe là-haut, dans les cieux ? Les autorités, les experts de la NASA, les reporters divulguent plein d'informations, mais cette masse de détails a plutôt tendance à égarer la compréhension. Il y en a que ce remplissage permanent fait tiquer. Les plus marioles soupçonnent qu'on leur cache la vérité. Un type monté à Iéna : « Si ça se trouve, les trois bonshommes sont crevés dans la fusée ! » Un autre : « Ouais, ils savent pas comment l'annoncer. » Le premier : « Au retour, ils débarqueront des sosies. Ce sont des militaires. Vous verrez, on saura rien. Ils la boucleront jusqu'à la fin de leurs jours. »

Le Tour de France est relégué au second plan. Merckx écrase la course. Ça gâche le suspense, a pensé Skip dans la rame qui fonçait vers le boulevard Suchet, refaisant sous terre tout le chemin parcouru le matin, avec Katerine. Les noms défilaient à l'envers, comme si l'histoire se rembobinait : Alma-Marceau… Trocadéro… Ranelagh… Il est sorti à la station Ranelagh.

En se postant au même endroit, douze heures plus tôt, il croyait céder à son vice coutumier : violer l'intimité des gens, posséder ce qu'ils possèdent, le contenu du portefeuille, du sac à main, le précieux argent, les précieuses photos, pour se le reprocher ensuite. Il sait qu'il ne le fait pas seulement pour le fric, si le fric était l'unique raison, il ne pourrait pas.

De quoi vivre à présent ? Armand avait déclaré, fataliste : « Pickpocket, c'est comme le reste, un jour tu n'y arrives plus. »

En revenant ce soir sous leurs fenêtres, sa première découverte est qu'il les admire, sans les jalouser. Dans la salle de cinéma non plus, il ne jalousait pas les personnages, il s'efforçait de comprendre leurs mobiles, de deviner leurs réactions. Quand Hélène Desvallées et Victor Pegala, voisins de hasard au ciné, échangent leurs impressions sur le film qu'ils ont vu, ils finissent par coucher ensemble. C'était pareil à Cambrai, les grands n'allaient au cinéma que pour draguer. Lorsqu'ils se mariaient, ils y allaient moins, puis plus du tout. Lorsque leur ménage se mettait à battre de l'aile, ils y retournaient, mais plus à la même séance, lui le soir, elle l'après-midi, ou l'inverse. En rôdant, gamin, devant les affiches et les images des vedettes, il remarquait ce genre de détail. Les amours qui se font, qui se défont. Il se demande si les cinéastes pensent à ces choses, au moment où ils conçoivent leurs histoires. Eux aussi ont traîné devant le ciné du coin, avant d'avoir le droit d'y entrer. Aujourd'hui, celle qu'il a suivie dans la salle de l'avenue Mac-Mahon ne recherchait pas l'aventure. Quoi d'autre ?

Le couple Molyneux poursuit sa conversation muette. En dépit de leurs attitudes opposées, il n'y a entre eux aucune tension. Katerine est statique, économe de ses gestes. Grégoire a un tempérament bouillant, il ne tient pas en place. Il n'a même pas trempé les lèvres dans son verre, tellement il cause. Si c'était une cigarette, il oublierait de l'allumer.

Ils se plaisent ainsi, c'est visible. Jamais ils ne connaissent l'ennui. Il en va autrement dans la chambre de la fillette. L'ennui est son lot quotidien. Ce matin, l'employée de maison est arrivée à neuf heures, Katerine est sortie juste après, laissant à cette dame le soin de s'occuper de l'enfant.

Skip songe qu'à l'avenir, c'est plutôt la domestique qu'il devrait suivre. S'il parvenait à se lier à cette femme, les Molyneux n'auraient plus pour lui aucun secret. Les activités du mari, ce qu'il dissimule dans les tiroirs de son bureau. Les petites manies de l'épouse et ce qu'elle cache dans les tiroirs de sa commode, sous la dentelle. Est-ce vraiment ce qu'il désire ? Une fois tous les renseignements obtenus, que ferait-il de son informatrice ?

En continuant à observer Katerine et Grégoire, il s'aperçoit qu'il n'a pas plus envie de fouiller leurs tiroirs que d'apprendre à lire sur les lèvres pour déchiffrer ce qu'ils racontent. Quand ils ne sont pas sordides, les secrets sont décevants et se ressemblent tous. Mieux vaut imaginer.

Peu à peu, Grégoire précise ses intentions. Toujours aussi démonstratif et volubile, il se rapproche de son épouse par des mouvements circulaires. Elle lui oppose la même froideur imperturbable, mais Skip voit bien que c'est un jeu.

Une heure a passé. La nuit est tombée. Il ne s'étonne pas du calme qui règne maintenant sur le boulevard. Ni auto ni promeneur, rien qui puisse le distraire du spectacle qui se déroule aux fenêtres du deuxième étage. Il songe qu'il a d'abord été attiré par ce prénom élégant, Katerine, si finement gravé à l'intérieur de l'alliance volée le mercredi. Très vite, il a compris qu'elle ne pouvait être cette jeune femme coiffée à la garçonne qui marchait au côté de Grégoire sur les Champs-Élysées. Celle-là ne portait pas de bague, et puis il était évident qu'entre eux il n'y avait rien, aucune intimité, pas même de la séduction. Revoir son prénom, dans le texte de l'annonce de *France-Soir*, a précipité les choses. On croit agir par impulsion, mais dans le cas présent il a tout de même fallu qu'il se procure l'adresse. Les gens sur liste rouge seraient surpris de la facilité avec laquelle on peut obtenir leur numéro et localiser leur domicile. S'il voulait, Skip pourrait, depuis la cabine la plus proche, faire sonner le téléphone de leur appartement.

Il s'en voudrait de les interrompre, surtout à ce moment. Grégoire n'est plus qu'à cinquante centimètres de Katerine. Pour Skip, l'angle est idéal : leurs corps sont coupés au niveau de la taille, leurs profils se détachent avec une netteté parfaite, et Dieu merci, aucun dialogue malvenu ne perturbe sa contemplation. Il n'aimerait pas les entendre échanger des paroles banales, ou trivialement personnelles. Avec un peu d'entraînement, bientôt il pourra imaginer la phrase que Grégoire doit prononcer, la réponse de Katerine.

Finalement, il se résout à porter le verre à ses lèvres, le vide d'un trait. Il a dû ajouter quelque chose d'amusant, car elle se met à rire. Un rire bref, vite contenu. À cet instant, le visage de Katerine est éclatant de beauté. Skip le photographie mentalement. *Clic clac, Kodak*. Il espère que Grégoire va se dépêcher de l'embrasser. C'est ce qu'il fait : il l'embrasse, ils s'enlacent.

La petite fille ignore à quoi ses parents sont occupés, et eux la croient couchée. Lui seul bénéficie de la vision complète. Il en éprouve un sentiment de toute-puissance. Tiraillé entre l'envie de retourner dare-dare à l'hôtel Kuntz et le désir de profiter encore du spectacle, il choisit de s'attarder. Ce n'est peut-être pas fini.

Elle regarde parfois dans sa direction, mais Skip est certain qu'elle ne le voit pas. Il jurerait qu'elle est capable de rester ainsi des heures, les jours où elle n'a pas école, juchée sur son tabouret à examiner les arbres municipaux et les voitures qui stationnent, les passants peu pressés, toujours les mêmes. Elle s'ennuie, s'ennuie beaucoup. Elle s'évade en pensée, invente des choses pour tuer le temps. Sait-elle combien elle est en sécurité, auprès d'eux ?

Leur baiser dure quoi, une minute ? À peine ont-ils desserré leur étreinte que les lumières s'éteignent dans le salon.

À la dernière fenêtre éclairée, la fillette fixe vaillamment l'immensité nocturne au-dessus du boulevard Suchet, et Skip comprend enfin. Elle guette l'apparition de la fusée Apollo. Elle scrute la surface lunaire, elle attend que l'événement se produise. Alors il décide de lui tenir compagnie. Aussi longtemps qu'elle restera éveillée, il veillera avec elle.

Le début d'une longue habitude.

Été 2023

Alice Molyneux se présente à l'heure dite avenue de l'Opéra, au siège de la banque. Elle sort le papier où elle a inscrit le nom enchanteur du conseiller. Samarasekara. Le garçon qui vient à sa rencontre a le physique qui va avec : grand, mince, une beauté de prince oriental. Si Alice osait l'interroger sur ses origines, elle apprendrait qu'il est Sri Lankais.

Il la conduit dans la salle des coffres.

Avec la mort de sa mère, parmi les paperasses et démarches épuisantes de la succession, il faut encore ouvrir ce coffre, depuis longtemps inactif. Ses parents l'avaient avant sa naissance, ils en parlaient comme du « coffre de l'avenue de l'Opéra », Alice ne s'est jamais inquiétée de savoir ce qu'il contenait.

Ça lui fait drôle d'être à Paris.

Elle a quitté cette ville, elle n'avait que vingt et un ans. À l'époque, son mal-être avait pris des proportions dramatiques. Elle se sentait surveillée et suivie en permanence. N'en pouvant plus, elle avait résolu, contre l'avis de la famille, de s'établir au Pays basque. La meilleure décision de sa vie.

Là-bas, elle a vécu l'existence modeste qui lui convenait. Son métier lui laisse assez de temps libre pour aller marcher en montagne, aussi bien sur le versant français qu'espagnol des Pyrénées. Bientôt, elle prendra sa retraite, elle envisage d'abandonner son deux-pièces de Bayonne, pour emménager dans un chalet en altitude, au-dessus de Sare. Les crises continuent, mais elles se sont espacées et ont perdu en intensité. Elle y trouverait presque du plaisir aujourd'hui, comme un rappel lancinant du passé. La dernière, c'était il y a deux ans, dans le téléphérique qui fait l'ascension du pic du Midi.

Pour son père, la fin a été difficile. Son implication dans l'un des grands scandales politico-financiers des années quatre-vingt-dix l'a démoli. Sa mère a tenu bon, elle a pu sauver leur appartement du 16e et c'est à peu près tout. Autant dire qu'Alice sait déjà que dans ce coffre elle ne découvrira ni lingots ni bijoux, rien qui ait une quelconque valeur. Ça ne remboursera peut-être même pas le voyage en train et l'hôtel. Elle en sourit, en continuant de serrer le bout de papier contre sa poitrine.

Elle aime bien cette randonnée au pic du Midi. Aux beaux jours, si on est courageux, on peut monter à pied. La dernière fois, elle a été contrainte de prendre le téléphérique à cause du sac alourdi par les affaires de nuit et les indispensables vêtements chauds, quand on reste dormir au sommet.

Son amie de l'observatoire astronomique, à qui Alice devait d'avoir été invitée, un privilège rare, avait multiplié les recommandations. Vingt kilos, c'était plus qu'elle ne pourrait en porter sur un tel parcours. Alors, va pour le téléphérique. Elle avait pris son billet à La Mongie, une station où elle venait skier jadis, avec la petite bande de Bayonne.

Les signes sont apparus dès le début de l'ascension.

Ce sentiment d'être oppressée, elle le connaît par cœur. Plus jeune, elle aurait pu croire que c'était l'enfermement dans la nacelle, le balancement au-dessus du vide, ou la perspective de coucher à 2 800 mètres, mais non, elle adore ce genre d'aventure. C'était dans sa tête, comme toujours. Ça vient, puis ça disparaît. Le moment était mal choisi. Elle avait levé les yeux vers le sommet enneigé. L'antenne de l'émetteur et les coupoles de l'observatoire scintillaient. Elle avait hâte d'être là-haut. Enfant, elle aimait regarder le ciel et rêvait déjà de lunettes grossissantes pour observer les planètes.

Ils n'étaient pas nombreux à bord du téléphérique. La plupart montaient pour le coup d'œil, pour photographier le panorama. Quelques-uns avaient prévu de redescendre à pied, on les repérait à leurs chaussures. Vers la fin de l'ascension, dans la partie la plus raide du parcours, l'attention d'Alice avait été attirée par un vieillard au visage émacié, en casquette de tweed. Pour une raison obscure, sa présence l'avait interloquée. Elle aurait apprécié qu'il se montre autrement que de profil. Sans comprendre ce qui lui arrivait, elle avait fixé le vieil homme de toutes ses forces, espérant l'arracher à la contemplation du paysage, en vain.

Celui-là, aucune chance qu'il reparte par le chemin de randonnée. Sous l'épais pantalon de velours, on voyait dépasser une paire de baskets en toile bleue, des Converse, beaucoup trop légères à pareille altitude.

Le banquier demande si elle a sa clé. Bien sûr qu'elle l'a. Elle a aussi noté sur une feuille le code que sa mère utilisait en toute circonstance : 160559, la date de son mariage avec Grégoire. Ces mêmes chiffres figuraient, dit-elle, à l'intérieur de leurs alliances, perdues par un hasard extraordinaire à deux jours d'intervalle, quand elle était petite, ici, à Paris.

Il sourit, l'air gêné, lui explique qu'il n'y a pas besoin de code. Il faut seulement les clés, la sienne et celle de la banque, qu'il tire de sa poche.

Le coffre s'ouvre sans difficulté. Il contient un casier métallique, gris et plat, que le jeune homme, de plus en plus gêné, dépose sur une table en lui avançant une chaise. Elle s'assied, désemparée, oublie de remercier. Tout ce voyage pour si peu, c'en est ridicule.

Alice ne reconnaît pas l'Omega au cadran guilloché, ronde, à aiguilles, dont le bracelet noir est presque en lambeaux. L'horloger de Bayonne sera peut-être capable de la remettre en marche. Elle ne reconnaît pas non plus le livre. Ou plutôt, si, comme tout le monde, elle le connaît de réputation. Elle sait qu'il s'agit d'un classique de la littérature érotique, mais elle n'a jamais vu cet exemplaire. La couverture, jaune pâle, a perdu son éclat. Le format est réduit, ça entrera aisément dans le sac à main. Au moins, la voilà avec de la lecture pour le trajet du retour. Quelle étrangeté d'imaginer que son père et sa mère, en leur jeune temps, aient pu aimer *Histoire d'O*.

RÉALISATION : NORD COMPO À VILLENEUVE-D'ASCQ
IMPRESSION : CPI FRANCE
DÉPÔT LÉGAL : MARS 2023. N° 2042 (173137)
Imprimé en France